FICCIONES

rayo | Planeta
www.harpercollins.com

Jorge Luis
Borges

FICCIONES

ESENCIALES

Diseño del libro por Leah Carlson-Stanisic

Este libro fue publicado originalmente en el año 1944 por Emecé Editores, una divisón de Planeta, S.A.

PRIMERA EDICIÓN RAYO, 2008

Library of Congress ha catalogado la edición en inglés.

ISBN: 978-0-06-156537-3

08 09 10 11 12 ID/RRD 10 9 8 7 6 5 4 3 2 1

Contenido

Artificios (1944)

||||||||||||||||||||||||||||||||||

Reflexiones

||||||||||||||||||||||||||||||||||

Introducción

Por Alastair Reid

A menudo he pensado que cada edición de *Ficciones*, de Jorge Luis Borges, debería incluir una advertencia del editor, algo así como: *cualquiera que lea o relea estos cuentos podría ser temporalmente afectado por ataques de asombro, incredulidad y desconcierto generalizado, condiciones de ningún modo nocivas, pero todas potencialmente conducentes a profundos cambios en la percepción total.* Algunos de estos cuentos aparecieron por primera vez en la revista *Sur* en Buenos Aires, a finales de los años 30 y los 40, y fueron posteriormente publicados juntos en 1944 como *Ficciones*. Sin embargo, no fue hasta 1961, año en que Borges compartió el Premio Fomentor (otorgado por el Congreso Internacional de Editores) con Samuel Beckett, que su trabajo corrió como reguero de pólvora a través de una amplia traducción, consagrándolo quizá como uno de los escritores más influyentes de la segunda mitad del siglo XX.

Desde sus tempranos comienzos, la familia esperaba que Borges fuera escritor. Su padre, abogado, tenía aspiraciones literarias las cuales se vieron truncadas por una ceguera invasora, condición hereditaria que progresivamente habría de infligir a Borges. De chico fue un lector voraz, en especial de los libros ingleses de la biblioteca de su padre. Su abuela materna, inglesa, vivía como viuda con la familia y Borges recuerda que cuando hablaba con ella, tenía que hablar de una cierta manera que se distinguía de conversaciones que tenía con la empleada o con su madre. Los dos modos de hablar, habría de comprender mucho más tarde, se conocían como inglés y español.

Borges vivía en y a través de los libros —los veía como una forma de viajar por el tiempo, y hablaba de muchos autores del pasado como si fueran sus amigos. Escribió desde una edad temprana, y toda su vida estuvo involucrado en la actividad literaria, escribiendo reseñas y ensayos en una variedad de pequeñas publicaciones. Pero su sentido de la ironía comenzó a manifestarse temprano. Recuerda que regresando a la Argentina luego de una larga estadía en Europa con su familia, se sintió inspirado a escribir una larga novela dinástica que encarnara los fogosos comienzos de la Argentina. Decidió entonces, luego de reflexionar, imaginar dicho libro con un título apropiado y un autor inventado, y escribir una breve reseña argumentando que el día de tales inmensos esfuerzos literarios ya había pasado.

En la introducción a *Ficciones* escribe: "Desvarío laborioso y empobrecedor el de componer vastos libros; el de explayar en quinientas páginas una idea cuya perfecta exposición oral cabe en pocos minutos. Mejor procedimiento es simular que esos libros ya existen y ofrecer un resumen, un comentario."

El lenguaje siempre estuvo en el centro de las preocupaciones de Borges. Se refería a todos sus escritos —poemas, ensayos, cuentos, crónicas— como "ficciones". Todos estaban conformados por lenguaje; y, para Borges, la realidad verbal está completamente separada de la realidad vivida. Por un lado, somos seres físicos, condenados a vivir en el tiempo, inciertos de muchas cosas, excepto de la inevitable muerte; y por el otro lado tenemos el lenguaje atemporal que utilizamos para explicar y descifrar un mundo que comprendemos de manera tan imperfecta. Como creadores de ficción podemos darle a nuestro pensamiento una vida escrita, perdurable. Pero cualquiera sea el sabor que el lenguaje le dé a la existencia vivida, no puede cambiarla. Somos capaces de crear una vasta ficción de la inmortalidad; pero esto de ninguna manera altera lo inevitable de nuestra muerte. En muchos de estos cuentos se encontrarán ficciones desenmarañándose ante las intrusiones de la realidad vivida, o multitudes hipnotizantes, como en la historia de Tlön. Al tiempo que el lenguaje puede aclarar y encantar, también puede engañar y despistar —nos perdemos en nuestros propios laberintos, telarañas de creencias, contradicciones de pensamiento. Como Borges observa en el cuento

"Pierre Menard": "No hay ejercicio intelectual que no sea finalmente inútil. Una doctrina filosófica es al principio una descripción verosímil del universo; giran los años y es un mero capítulo —cuando no un párrafo o un nombre— de la historia de la filosofía."

Los cuentos de *Ficciones* cubren un amplio espectro y se mueven fácilmente por el tiempo y el espacio, pero con frecuencia arrojan una luz aguda sobre el presente. "La lotería en Babilonia" se desarrolla en un punto no especificado de la historia, y muestra una sociedad en orden que introduce una pequeña lotería pública, una intrusión de incertidumbre en una existencia ordenada que finalmente se entrega de lleno al azar —nada es predecible. Babilonia podría ser Argentina. Algunos de los cuentos nos llevan más allá de los límites del pensamiento lógico, a esferas de posibilidad que pueden tornarse aterradoras: "La biblioteca de Babel", donde el ideal benigno de una biblioteca que contuviera todos los libros se convierte en una pesadilla de la mente lógica y se vuelve inhumano; o la figura desconcertante de Funes el memorioso, a quien su accidente y su consecuente incapacidad lo dejan imposibilitado de olvidar, condenado a una eterna particularidad.

El cuento "Tlön, Uqbar, Orbis Tertius", quizá el cuento más característico de Borges, fue publicado en 1941. Adjunta al cuento iba una posdata que Borges había agregado al texto, fechada en 1947, seis años a futuro, resolviendo algunos de los enigmas de la historia y haciendo una predicción de tipo de ciencia ficción. Leyéndolo ahora, casi setenta años luego de ser escrito, todavía se lee como una profecía. Luego de haber leído y digerido el cuento, sugeriría que hiciera lo siguiente: Regrese a la posdata y lea los tres últimos párrafos, sustituyendo el nombre "Tlön" cada vez que aparezca, por la palabra "Internet", (palabra que, dicho sea de paso, no existía cuanto se escribió el cuento).

Alastair Reid

FICCIONES

EL JARDÍN DE SENDEROS
QUE SE BIFURCAN (1941)

Prólogo

Las siete piezas de este libro no requieren mayor elucidación. La séptima (El jardín de senderos que se bifurcan) es policial; sus lectores asistirán a la ejecución y a todos los preliminares de un crimen, cuyo propósito no ignoran pero que no comprenderán, me parece, hasta el último párrafo. *Las otras son fantásticas; una —La lotería en Babilonia— no es del todo inocente de simbolismo. No soy el primer autor de la narración* La Biblioteca de Babel; *los curiosos de su historia y de su prehistoria pueden interrogar cierta página del número 59 de* SUR, *que registra los nombres heterogéneos de Leucipo y de Lasswitz, de Lewis Carroll y de Aristóteles. En* Las ruinas circulares *todo es irreal; en* Pierre Menard, autor del Quijote, *lo es el destino que su protagonista se impone. La nómina de escritos que le atribuyo no es demasiado divertida pero no es arbitraria; es un diagrama de su historia mental...*

Desvarío laborioso y empobrecedor el de componer vastos

libros; el de explayar en quinientas páginas una idea cuya perfecta exposición oral cabe en pocos minutos. Mejor procedimiento es simular que esos libros ya existen y ofrecer un resumen, un comentario. Así procedió Carlyle en Sartor Resartus; así Butler en The Fair Haven; obras que tienen la imperfección de ser libros también, no menos tautológicos que los otros. Más razonable, más inepto, más haragán, he preferido la escritura de notas sobre libros imaginarios. Éstas son Tlön, Uqbar, Orbis Tertius; y el Examen de la obra de Herbert Quain.

J. L. B.

Tlön, Uqbar, Orbis Tertius

I

Debo a la conjunción de un espejo y de una enciclopedia
el descubrimiento de Uqbar. El espejo inquietaba el fondo
de un corredor en una quinta de la calle Gaona, en Ramos
Mejía; la enciclopedia falazmente se llama *The Anglo-
American Cyclopaedia* (Nueva York, 1917) y es una reim-
presión literal, pero también morosa, de la *Encyclopaedia
Britannica* de 1902. El hecho se produjo hará unos cinco
años. Bioy Casares había cenado conmigo esa noche y nos
demoró una vasta polémica sobre la ejecución de una novela
en primera persona, cuyo narrador omitiera o desfigurara
los hechos e incurriera en diversas contradicciones, que per-
mitieran a unos pocos lectores —a muy pocos lectores— la
adivinación de una realidad atroz o banal. Desde el fondo

remoto del corredor, el espejo nos acechaba. Descubrimos
(en la alta noche ese descubrimiento es inevitable) que los
espejos tienen algo monstruoso. Entonces Bioy Casares recordó que uno de los heresiarcas de Uqbar había declarado
que los espejos y la cópula son abominables, porque multiplican el número de los hombres. Le pregunté el origen
de esa memorable sentencia y me contestó que *The Anglo-
American Cyclopaedia* la registraba, en su artículo sobre
Uqbar. La quinta (que habíamos alquilado amueblada)
poseía un ejemplar de esa obra. En las últimas páginas del
volumen XLVI dimos con un artículo sobre Upsala; en las
primeras del XLVII, con uno sobre *Ural-Altaic Languages*,
pero ni una palabra sobre Uqbar. Bioy, un poco azorado,
interrogó los tomos del índice. Agotó en vano todas las lecciones imaginables: Ukbar, Ucbar, Ooqbar, Oukbahr...
Antes de irse, me dijo que era una región del Irak o del Asia
Menor. Confieso que asentí con alguna incomodidad. Conjeturé que ese país indocumentado y ese heresiarca anónimo
eran una ficción improvisada por la modestia de Bioy para
justificar una frase. El examen estéril de uno de los atlas de
Justus Perthes fortaleció mi duda.

Al día siguiente, Bioy me llamó desde Buenos Aires. Me
dijo que tenía a la vista el artículo sobre Uqbar, en el volumen XXVI de la Enciclopedia. No constaba el nombre del
heresiarca, pero sí la noticia de su doctrina, formulada en
palabras casi idénticas a las repetidas por él, aunque —tal
vez— literariamente inferiores. Él había recordado: *Copu-
lation and mirrors are abominable*. El texto de la Enciclopedia

decía: *Para uno de esos gnósticos, el visible universo era una ilusión o (más precisamente) un sofisma. Los espejos y la paternidad son abominables* (mirrors and fatherhood are hateful) *porque lo multiplican y lo divulgan.* Le dije, sin faltar a la verdad, que me gustaría ver ese artículo. A los pocos días lo trajo. Lo cual me sorprendió, porque los escrupulosos índices cartográficos de la *Erdkunde* de Ritter ignoraban con plenitud el nombre de Uqbar.

El volumen que trajo Bioy era efectivamente el XXVI de la *Anglo-American Cyclopaedia*. En la falsa carátula y en el lomo, la indicación alfabética (Tor-Ups) era la de nuestro ejemplar, pero en vez de 917 páginas constaba de 921. Esas cuatro páginas adicionales comprendían el artículo sobre Uqbar; no previsto (como habrá advertido el lector) por la indicación alfabética. Comprobamos después que no hay otra diferencia entre los volúmenes. Los dos (según creo haber indicado) son reimpresiones de la décima *Encyclopaedia Britannica*. Bioy había adquirido su ejemplar en uno de tantos remates.

Leímos con algún cuidado el artículo. El pasaje recordado por Bioy era tal vez el único sorprendente. El resto parecía muy verosímil, muy ajustado al tono general de la obra y (como es natural) un poco aburrido. Releyéndolo, descubrimos bajo su rigurosa escritura una fundamental vaguedad. De los catorce nombres que figuraban en la parte geográfica, sólo reconocimos tres —Jorasán, Armenia, Erzerum—, interpolados en el texto de un modo ambiguo. De los nombres históricos, uno solo: el impostor Esmerdis el mago, invocado

más bien como una metáfora. La nota parecía precisar las
fronteras de Uqbar, pero sus nebulosos puntos de referencias
eran ríos y cráteres y cadenas de esa misma región. Leímos,
verbigracia, que las tierras bajas de Tsai Jaldún y el delta del
Axa definen la frontera del sur y que en las islas de ese delta
procrean los caballos salvajes. Eso, al principio de la página
918. En la sección histórica (página 920) supimos que a raíz
de las persecuciones religiosas del siglo XIII, los ortodoxos
buscaron amparo en las islas, donde perduran todavía sus
obeliscos y donde no es raro exhumar sus espejos de piedra.
La sección *idioma y literatura* era breve. Un solo rasgo memorable: anotaba que la literatura de Uqbar era de carácter fantástico y que sus epopeyas y sus leyendas no se referían jamás
a la realidad, sino a las dos regiones imaginarias de Mlejnas y
de Tlön... La bibliografía enumeraba cuatro volúmenes que
no hemos encontrado hasta ahora, aunque el tercero —Silas
Haslam: *History of the Land Called Uqbar*, 1874— figura en
los catálogos de librería de Bernard Quaritch[1]. El primero,
*Lesbare und lesenswerthe Bemerkungen über das Land Ukkbar
in Klein-Asien*, data de 1641 y es obra de Johannes Valentinus
Andreä. El hecho es significativo; un par de años después, di
con ese nombre en las inesperadas páginas de De Quincey
(*Writings*, decimotercer volumen) y supe que era el de un
teólogo alemán que a principios del siglo XVII describió la
imaginaria comunidad de la Rosa-Cruz —que otros luego
fundaron, a imitación de lo prefigurado por él.

---

[1] Haslam ha publicado también *A General History of Labyrinths*.

Esta noche visitamos la Biblioteca Nacional. En vano fatigamos atlas, catálogos, anuarios de sociedades geográficas, memorias de viajeros e historiadores: nadie había estado nunca en Uqbar. El índice general de la enciclopedia de Bioy tampoco registraba ese nombre. Al día siguiente, Carlos Mastronardi (a quien yo había referido el asunto) advirtió en una librería de Corrientes y Talcahuano los negros y dorados lomos de la *Anglo-American Cyclopaedia*... Entró e interrogó el volumen XXVI. Naturalmente, no dio con el menor indicio de Uqbar.

II

Algún recuerdo limitado y menguante de Herbert Ashe, ingeniero de los ferrocarriles del Sur, persiste en el hotel de Adrogué, entre las efusivas madreselvas y en el fondo ilusorio de los espejos. En vida padeció de irrealidad, como tantos ingleses; muerto, no es siquiera el fantasma que ya era entonces. Era alto y desganado y su cansada barba rectangular había sido roja. Entiendo que era viudo, sin hijos. Cada tantos años iba a Inglaterra: a visitar (juzgo por unas fotografías que nos mostró) un reloj de sol y unos robles. Mi padre había estrechado con él (el verbo es excesivo) una de esas amistades inglesas que empiezan por excluir la confidencia y que muy pronto omiten el diálogo. Solían ejercer un intercambio de libros y de periódicos; solían batirse al ajedrez, taciturnamente... Lo recuerdo en el corredor del hotel, con un libro de matemáticas en la mano, mirando a veces los colores irrecuperables del cielo. Una tarde, hablamos del sistema duodecimal de numeración (en el que doce se escribe 10). Ashe dijo que precisamente estaba trasladando no sé qué tablas duodecimales a sexagesimales (en las que sesenta se escribe 10). Agregó que ese trabajo le había sido encargado por un noruego: en Rio Grande do Sul. Ocho años que lo conocíamos y no había mencionado nunca su estadía en esa región... Hablamos de vida pastoril, de *capangas*, de la etimología brasileña de la palabra *gaucho* (que algunos viejos orientales todavía pronuncian *gaúcho*) y nada más se dijo —Dios me perdone— de funciones duodecimales. En septiembre de 1937 (no estábamos nosotros en el hotel) Herbert Ashe murió de la rotura de un aneurisma. Días antes, había recibido del Brasil un paquete sellado y certificado. Era un libro en octavo mayor. Ashe lo dejó en el bar, donde —meses después— lo encontré. Me puse a hojearlo y sentí un vértigo asombrado y ligero que no describiré, porque ésta no es la historia de mis emociones sino de Uqbar y Tlön y Orbis Tertius. En una noche del Islam que se llama la Noche de las Noches se abren de par en par las secretas puertas del cielo y es más dulce el agua en los cántaros; si esas puertas se abrieran, no sentiría lo que en esa tarde sentí. El libro estaba redactado en inglés y lo integraban 1001 páginas. En el amarillo lomo de cuero leí estas curiosas palabras que la falsa carátula repetía: *A First Encyclopaedia of Tlön. Vol. XI. Hlaer to Jangr.* No había indicación de fecha ni de lugar. En la primera página y en una hoja de papel de seda que cubría una de las láminas en colores había estampado un óvalo azul con esta inscripción: *Orbis Tertius*. Hacía dos años que yo había descubierto en un tomo de cierta enciclopedia pirática una somera descripción de un falso país; ahora me deparaba el azar algo más precioso y más arduo. Ahora tenía en las manos un vasto fragmento metódico de la historia total de un planeta desconocido, con sus arquitecturas y sus barajas, con el pavor de sus mitologías y el rumor de sus lenguas, con sus emperadores y sus mares, con sus minerales y sus pájaros y sus peces, con su álgebra y su fuego, con su controversia teológica y metafísica. Todo ello articulado, coherente, sin visible propósito doctrinal o tono paródico.

En el «onceno tomo» de que hablo hay alusiones a tomos ulteriores y precedentes. Néstor Ibarra, en un artículo ya clásico de la *N. R. F.*, ha negado que existen esos aláteres; Ezequiel Martínez Estrada y Drieu La Rochelle han refutado, quizá victoriosamente, esa duda. El hecho es que hasta ahora las pesquisas más diligentes han sido estériles. En vano hemos desordenado las bibliotecas de las dos Américas y de Europa. Alfonso Reyes, harto de esas fatigas subalternas de índole policial, propone que entre todos acometamos la obra de reconstruir los muchos y macizos tomos que faltan: *ex ungue leonem*. Calcula, entre veras y burlas, que una generación de *tlönistas* puede bastar. Ese arriesgado cómputo nos retrae al problema fundamental: ¿Quiénes inventaron a Tlön? El plural es inevitable, porque la hipótesis de un solo inventor —de un infinito Leibniz obrando en

la tiniebla y en la modestia— ha sido descartada unánime-
mente. Se conjetura que este *brave new world* es obra de una
sociedad secreta de astrónomos, de biólogos, de ingenieros,
de metafísicos, de poetas, de químicos, de algebristas, de
moralistas, de pintores, de geómetras... dirigidos por un
oscuro hombre de genio. Abundan individuos que dominan
esas disciplinas diversas, pero no los capaces de invención y
menos los capaces de subordinar la invención a un riguroso
plan sistemático. Ese plan es tan vasto que la contribución
de cada escritor es infinitesimal. Al principio se creyó que
Tlön era un mero caos, una irresponsable licencia de la imaginación; ahora se sabe que es un cosmos y las íntimas leyes
que lo rigen han sido formuladas, siquiera en modo provi-
sional. Básteme recordar que las contradicciones aparentes
del Onceno Tomo son la piedra fundamental de la prueba de
que existen los otros: tan lúcido y tan justo es el orden que se
ha observado en él. Las revistas populares han divulgado,
con perdonable exceso, la zoología y la topografía de Tlön;
yo pienso que sus tigres transparentes y sus torres de sangre
no merecen, tal vez, la continua atención de *todos* los hombres. Yo me atrevo a pedir unos minutos para su concepto
del universo.

Hume notó para siempre que los argumentos de Berkeley
no admiten la menor réplica y no causan la menor convicción. Ese dictamen es del todo verídico en su aplicación a la
tierra; del todo falso en Tlön. Las naciones de ese planeta
son —congénitamente— idealistas. Su lenguaje y las deri-
vaciones de su lenguaje —la religión, las letras, la metafí-

sica—presuponen el idealismo. El mundo para ellos no es un concurso de objetos en el espacio; es una serie heterogénea de actos independientes. Es sucesivo, temporal, no espacial. No hay sustantivos en la conjetural *Ursprache* de Tlön, de la que proceden los idiomas «actuales» y los dialectos: hay verbos impersonales, calificados por sufijos (o prefijos) monosilábicos de valor adverbial. Por ejemplo: no hay palabra que corresponda a la palabra *luna*, pero hay un verbo que sería en español *lunecer* o *lunar. Surgió la luna sobre el río* se dice *hlör u fang axaxaxas mlö* o sea en su orden: hacia arriba *(upward)* detrás duradero-fluir luneció. (Xul Solar traduce con brevedad: upa tras perfluyue lunó. *Upward, behind the onstreaming, it mooned.*)

Lo anterior se refiere a los idiomas del hemisferio austral. En los del hemisferio boreal (de cuya *Ursprache* hay muy pocos datos en el Onceno Tomo) la célula primordial no es el verbo, sino el adjetivo monosilábico. El sustantivo se forma por acumulacion de adjetivos. No se dice *luna:* se dice *aéreo-claro sobre oscuro-redondo* o *anaranjado-tenue-del cielo* o cualquier otra agregación. En el caso elegido la masa de adjetivos corresponde a un objeto real; el hecho es puramente fortuito. En la literatura de este hemisferio (como en el mundo subsistente de Meinong) abundan los objetos ideales, convocados y disueltos en un momento, según las necesidades poéticas. Los determina, a veces, la mera simultaneidad. Hay objetos compuestos de dos términos, uno de carácter visual y otro auditivo: el color del naciente y el remoto grito de un pájaro. Los hay de muchos: el sol y el agua contra el pecho del nadador, el vago rosa trémulo que se ve con los ojos cerrados, la sensación de quien se deja llevar por un río y también por el sueño. Esos objetos de segundo grado pueden combinarse con otros; el proceso, mediante ciertas abreviaturas, es prácticamente infinito. Hay poemas famosos compuestos de una sola enorme palabra. Esta palabra integra un *objeto poético* creado por el autor. El hecho de que nadie crea en la realidad de los sustantivos hace, paradójicamente, que sea interminable su número. Los idiomas del hemisferio boreal de Tlön poseen todos los nombres de las lenguas indoeuropeas —y otros muchos más.

No es exagerado afirmar que la cultura clásica de Tlön comprende una sola disciplina: la psicología. Las otras están subordinadas a ella. He dicho que los hombres de ese planeta conciben el universo como una serie de procesos mentales, que no se desenvuelven en el espacio sino de modo sucesivo en el tiempo. Spinoza atribuye a su inagotable divinidad los atributos de la extensión y del pensamiento; nadie comprendería en Tlön la yuxtaposición del primero (que sólo es típico de ciertos estados) y del segundo —que es un sinónimo perfecto del cosmos—. Dicho sea con otras palabras: no conciben que lo espacial perdure en el tiempo. La percepción de una humareda en el horizonte y después del campo incendiado y después del cigarro a medio apagar que produjo la quemazón es considerada un ejemplo de asociación de ideas.

Este monismo o idealismo total invalida la ciencia. Explicar (o juzgar) un hecho es unirlo a otro; esa vinculación, en

Tlön, es un estado posterior del sujeto, que no puede afectar o iluminar el estado anterior. Todo estado mental es irreductible: el mero hecho de nombrarlo —*id est*, de clasificarlo— importa un falseo. De ello cabría deducir que no hay ciencias en Tlön ni siquiera razonamientos. La paradójica verdad es que existen, en casi innumerable número. Con las filosofías acontece lo que acontece con los sustantivos en el hemisferio boreal. El hecho de que toda filosofía sea de antemano un juego dialéctico, una *Philosophie des Als Ob*, ha contribuido a multiplicarlas. Abundan los sistemas increíbles, pero de arquitectura agradable o de tipo sensacional. Los metafísicos de Tlön no buscan la verdad ni siquiera la verosimilitud: buscan el asombro. Juzgan que la metafísica es una rama de la literatura fantástica. Saben que un sistema no es otra cosa que la subordinación de todos los aspectos del universo a uno cualquiera de ellos. Hasta la frase «todos los aspectos» es rechazable, porque supone la imposible adición del instante presente y de los pretéritos. Tampoco es lícito el plural «los pretéritos», porque supone otra operación imposible... Una de las escuelas de Tlön llega a negar el tiempo: razona que el presente es indefinido, que el futuro no tiene realidad sino como esperanza presente, que el pasado no tiene realidad sino como recuerdo presente[2]. Otra escuela declara que ha trascurrido ya *todo el tiempo* y que nuestra vida es

---

[2] Russell (*The Analysis of Mind*, 1921, página 159) supone que el planeta ha sido creado hace pocos minutos, provisto de una humanidad que «recuerda» un pasado ilusorio.

apenas el recuerdo o reflejo crepuscular, y sin duda falseado y mutilado, de un proceso irrecuperable. Otra, que la historia del universo —y en ellas nuestras vidas y el más tenue detalle de nuestras vidas— es la escritura que produce un dios subalterno para entenderse con un demonio. Otra, que el universo es comparable a esas criptografías en las que no valen todos los símbolos y que sólo es verdad lo que sucede cada trescientas noches. Otra, que mientras dormimos aquí, estamos despiertos en otro lado y que así cada hombre es dos hombres.

Entre las doctrinas de Tlön, ninguna ha merecido tanto escándalo como el materialismo. Algunos pensadores lo han formulado, con menos claridad que fervor, como quien adelanta una paradoja. Para facilitar el entendimiento de esa tesis inconcebible, un heresiarca del undécimo siglo[3] ideó el sofisma de las nueve monedas de cobre, cuyo renombre escandaloso equivale en Tlön al de las aporías eleáticas. De ese «razonamiento especioso» hay muchas versiones, que varían el número de monedas y el número de hallazgos; he aquí la más común:

El martes, X atraviesa un camino desierto y pierde nueve monedas de cobre. El jueves, Y encuentra en el camino cuatro monedas, algo herrumbradas por la lluvia del miércoles. El viernes, Z descubre tres monedas en el camino. El viernes de

---

[3] Siglo, de acuerdo con el sistema duodecimal, significa un período de ciento cuarenta y cuatro años.

mañana, X encuentra dos monedas en el corredor de su casa.
El heresiarca quería deducir de esa historia la realidad —*id
est* la continuidad— de las nueve monedas recuperadas. *Es
absurdo* (afirmaba) *imaginar que cuatro de las monedas no han
existido entre el martes y el jueves, tres entre el martes y la tarde
del viernes, dos entre el martes y la madrugada del viernes. Es
lógico pensar que han existido —siquiera de algún modo secreto, de comprensión vedada a los hombres— en todos los momentos de esos tres plazos.*

El lenguaje de Tlön se resistía a formular esa paradoja;
los más no la entendieron. Los defensores del sentido común
se limitaron, al principio, a negar la veracidad de la anéc-
dota. Repitieron que era una falacia verbal, basada en el
empleo temerario de dos voces neológicas, no autorizadas
por el uso y ajenas a todo pensamiento severo: los verbos
encontrar y perder, que comportan una petición de principio, porque presuponen la identidad de las nueve primeras
monedas y de las últimas. Recordaron que todo sustantivo
(hombre, moneda, jueves, miércoles, lluvia) sólo tiene un
valor metafórico. Denunciaron la pérfida circunstancia *algo
herrumbradas por la lluvia del miércoles,* que presupone lo que
se trata de demostrar: la persistencia de las cuatro monedas, entre el jueves y el martes. Explicaron que una cosa es
igualdad y otra *identidad* y formularon una especie de *reduc-
tio ad absurdum,* o sea el caso hipotético de nueve hombres
que en nueve sucesivas noches padecen un vivo dolor. ¿No
sería ridículo —interrogaron— pretender que ese dolor

es el mismo?[4] Dijeron que al heresiarca no lo movía sino el blasfematorio propósito de atribuir la divina categoría de *ser* a unas simples monedas y que a veces negaba la pluralidad y otras no. Argumentaron: si la igualdad comporta la identidad, habría que admitir asimismo que las nueve monedas son una sola.

Increíblemente, esas refutaciones no resultaron definitivas. A los cien años de enunciado el problema, un pensador no menos brillante que el heresiarca pero de tradición ortodoxa, formuló una hipótesis muy audaz. Esa conjetura feliz afirma que hay un solo sujeto, que ese sujeto indivisible es cada uno de los seres del universo y que éstos son los órganos y máscaras de la divinidad. X es Y y es Z. Z descubre tres monedas porque recuerda que se le perdieron a X; X encuentra dos en el corredor porque recuerda que han sido recuperadas las otras... El onceno tomo deja entender que tres razones capitales determinaron la victoria total de ese panteísmo idealista. La primera, el repudio del solipsismo; la segunda, la posibilidad de conservar la base psicológica de las ciencias; la tercera, la posibilidad de conservar el culto de los dioses. Schopenhauer (el apasionado y lúcido Schopenhauer) formula una doctrina muy parecida en el primer volumen de *Parerga und Paralipomena*.

---

[4] En el día de hoy, una de las iglesias de Tlön sostiene platónicamente que tal dolor, que tal matiz verdoso del amarillo, que tal temperatura, que tal sonido, son la única realidad. Todos los hombres, en el vertiginoso instante del coito, son el mismo hombre. Todos los hombres que repiten una línea de Shakespeare, *son* William Shakespeare.

La geometría de Tlön comprende dos disciplinas algo distintas: la visual y la táctil. La última corresponde a la nuestra y la subordinan a la primera. La base de la geometría visual es la superficie, no el punto. Esta geometría desconoce las paralelas y declara que el hombre que se desplaza modifica las formas que lo circundan. La base de su aritmética es la noción de números indefinidos. Acentúan la importancia de los conceptos de mayor y menor, que nuestros matemáticos simbolizan por > y por <. Afirman que la operación de contar modifica las cantidades y las convierte de indefinidas en definidas. El hecho de que varios individuos que cuentan una misma cantidad logran un resultado igual, es para los psicólogos un ejemplo de asociación de ideas o de buen ejercicio de la memoria. Ya sabemos que en Tlön el sujeto del conocimiento es uno y eterno.

En los hábitos literarios también es todopoderosa la idea de un sujeto único. Es raro que los libros estén firmados. No existe el concepto del plagio: se ha establecido que todas las obras son obra de un solo autor, que es intemporal y es anónimo. La crítica suele inventar autores: elige dos obras disímiles —el Tao Te King y las 1001 Noches, digamos—, las atribuye a un mismo escritor y luego determina con probidad la psicología de ese interesante *homme de lettres*...

También son distintos los libros. Los de ficción abarcan un solo argumento, con todas las permutaciones imaginables. Los de naturaleza filosófica invariablemente contienen la tesis y la antítesis, el riguroso pro y el contra de una doctrina. Un libro que no encierra su contralibro es considerado incompleto.

Siglos y siglos de idealismo no han dejado de influir en la realidad. No es infrecuente, en las regiones más antiguas de Tlön, la duplicación de objetos perdidos. Dos personas buscan un lápiz; la primera lo encuentra y no dice nada; la segunda encuentra un segundo lápiz no menos real, pero más ajustado a su expectativa. Esos objetos secundarios se llaman *hrönir* y son, aunque de forma desairada, un poco más largos. Hasta hace poco los *hrönir* fueron hijos casuales de la distracción y el olvido. Parece mentira que su metódica producción cuente apenas cien años, pero así lo declara el Onceno Tomo. Los primeros intentos fueron estériles. El *modus operandi*, sin embargo, merece recordación. El director de una de las cárceles del estado comunicó a los presos que en el antiguo lecho de un río había ciertos sepulcros y prometió la libertad a quienes trajeran un hallazgo importante. Durante los meses que precedieron a la excavación les mostraron láminas fotográficas de lo que iban a hallar. Ese primer intento probó que la esperanza y la avidez pueden inhibir; una semana de trabajo con la pala y el pico no logró exhumar otro *hrön* que una rueda herrumbrada, de fecha posterior al experimento. Éste se mantuvo secreto y se repitió después en cuatro colegios. En tres fue casi total el fracaso; en el cuarto (cuyo director murió casualmente durante las primeras excavaciones) los discípulos exhumaron —o produjeron— una máscara de oro, una espada arcaica, dos o tres ánforas de barro y el verdinoso y mutilado torso de un rey con una inscripción en el pecho que no se ha logrado aún descifrar. Así se descubrió la improcedencia de testigos que conocieran la naturaleza experimental de la busca... Las investigaciones en masa producen objetos contradictorios; ahora se prefiere los trabajos individuales y casi improvisados. La metódica elaboración de *hrönir* (dice el Onceno Tomo) ha prestado servicios prodigiosos a los arqueólogos. Ha permitido interrogar y hasta modificar el pasado, que ahora no es menos plástico y menos dócil que el porvenir. Hecho curioso: los *hrönir* de segundo y tercer grado —los *hrömir* derivados de otro *hrön*, los *hrönir* derivados del *hrön* de un *hrön*— exageran las aberraciones del inicial; los de quinto son casi uniformes; los de noveno se confunden con los de segundo; en los de undécimo hay una pureza de líneas que los originales no tienen. El proceso es periódico; el *hrön* de duodécimo grado ya empieza a decaer. Más extraño y más puro que todo *hrön* es a veces el *ur:* la cosa producida por sugestión, el objeto educido por la esperanza. La gran máscara de oro que he mencionado es un ilustre ejemplo.

Las cosas se duplican en Tlön; propenden asimismo a borrarse y a perder los detalles cuando los olvida la gente. Es clásico el ejemplo de un umbral que perduró mientras lo visitaba un mendigo y que se perdió de vista a su muerte. A veces unos pájaros, un caballo, han salvado las ruinas de un anfiteatro.

Salto Oriental. 1940.

* * *

Posdata de 1947. Reproduzco el artículo anterior tal como apareció en la *Antología de la literatura fantástica*, 1940, sin otra escisión que algunas metáforas y que una especie de resumen burlón que ahora resulta frívolo. Han ocurrido tantas cosas desde esa fecha... Me limitaré a recordarlas.

En marzo de 1941 se descubrió una carta manuscrita de Gunnar Erfjord en un libro de Hinton que había sido de Herbert Ashe. El sobre tenía el sello postal de Ouro Preto; la carta elucidaba enteramente el misterio de Tlön. Su texto corrobora las hipótesis de Martínez Estrada. A principios del siglo XVII, en una noche de Lucerna o de Londres, empezó la espléndida historia. Una sociedad secreta y benévola (que entre sus afiliados tuvo a Dalgarno y después a George Berkeley) surgió para inventar un país. En el vago programa inicial figuraban los «estudios herméticos», la filantropía y la cábala. De esa primera época data el curioso libro de Andreä. Al cabo de unos años de conciliábulos y de síntesis prematuras comprendieron que una generación no bastaba para articular un país. Resolvieron que cada uno de los maestros que la integraban eligiera un discípulo para la continuación de la obra. Esa disposición hereditaria prevaleció; después de un hiato de dos siglos la perseguida fraternidad resurge en América. Hacia 1824, en Memphis (Tennessee) uno de los afiliados conversa con el ascético millonario Ezra Buckley. Éste lo deja hablar con algún desdén —y se ríe de la modestia del proyecto. Le dice que en América es absurdo inventar un país y le propone la invención de un planeta. A esa gigantesca idea añade otra, hija de su nihilismo[5] la de guardar en el silencio la empresa enorme. Circulaban entonces los veinte tomos de la *Encyclopaedia Britannica*: Buckley sugiere una enciclopedia metódica del planeta ilusorio. Les dejará sus cordilleras auríferas, sus ríos navegables, sus praderas holladas por el toro y por el bisonte, sus negros, sus prostíbulos y sus dólares, bajo una condición: «La obra no pactará con el impostor Jesucristo». Buckley descree de Dios, pero quiere demostrar al Dios no existente que los hombres mortales son capaces de concebir un mundo. Buckley es envenenado en Baton Rouge en 1828; en 1914 la sociedad remite a sus colaboradores, que son trescientos, el volumen final de la Primera Enciclopedia de Tlön. La edición es secreta: los cuarenta volúmenes que comprende (la obra más vasta que han acometido los hombres) serían la base de otra más minuciosa, redactada no ya en inglés, sino en alguna de las lenguas de Tlön. Esa revisión de un mundo ilusorio se llama provisoriamente *Orbis Tertius* y uno de sus modestos demiurgos fue Herbert Ashe, no sé si como agente de Gunnar Erfjord o como afiliado. Su recepción de un ejemplar del Onceno Tomo parece favorecer lo segundo. Pero ¿y los otros? Hacia 1942 arreciaron los hechos. Recuerdo con singular nitidez uno de los primeros y me parece que algo sentí de su carácter premonitorio. Ocurrió en un departamento de la calle Laprida, frente a un claro y alto

---

[5] Buckley era librepensador, fatalista y defensor de la esclavitud

balcón que miraba al ocaso. La princesa de Faucigny Lu-
cinge había recibido de Poitiers su vajilla de plata. Del vasto
fondo de un cajón rubricado de sellos internacionales iban
saliendo finas cosas inmóviles: platería de Utrecht y de París
con dura fauna heráldica, un samovar. Entre ellas —con un
perceptible y tenue temblor de pájaro dormido— latía misteriosamente una brújula. La princesa no la reconoció. La
aguja azul anhelaba el norte magnético; la caja de metal era
cóncava; las letras de la esfera correspondían a uno de los
alfabetos de Tlön. Tal fue la primera intrusión del mundo
fantástico en el mundo real. Un azar que me inquieta hizo
que yo también fuera testigo de la segunda. Ocurrió unos
meses después, en la pulpería de un brasilero, en la Cuchilla
Negra. Amorim y yo regresábamos de Sant'Anna. Una creciente del río Tacuarembó nos obligó a probar (y a sobrelle-
var) esa rudimentaria hospitalidad. El pulpero nos acomodó
unos catres crujientes en una pieza grande, entorpecida de
barriles y cueros. Nos acostamos, pero no nos dejó dormir
hasta el alba la borrachera de un vecino invisible, que al-
ternaba denuestos inextricables con rachas de milongas
—más bien con rachas de una sola milonga. Como es de
suponer, atribuimos a la fogosa caña del patrón ese griterío
insistente... A la madrugada, el hombre estaba muerto en el
corredor. La aspereza de la voz nos había engañado: era un
muchacho joven. En el delirio se le habían caído del tira-
dor unas cuantas monedas y un cono de metal reluciente del
diámetro de un dado. En vano un chico trató de recoger ese
cono. Un hombre apenas acertó a levantarlo. Yo lo tuve en

la palma de la mano algunos minutos: recuerdo que su peso era intolerable y que después de retirado el cono, la opresión perduró. También recuerdo el círculo preciso que me grabó en la carne. Esa evidencia de un objeto muy chico y a la vez pesadísimo dejaba una impresión desagradable de asco y de miedo. Un paisano propuso que lo tiraran al río correntoso; Amorim lo adquirió mediante unos pesos. Nadie sabía nada del muerto, salvo «que venía de la frontera». Esos conos pequeños y muy pesados (hechos de un metal que no es de este mundo) son imagen de la divinidad, en ciertas religiones de Tlön.

Aquí doy término a la parte personal de mi narración. Lo demás está en la memoria (cuando no en la esperanza o en el temor) de todos mis lectores. Básteme recordar o mencionar los hechos subsiguientes, con una mera brevedad de palabras que el cóncavo recuerdo general enriquecerá o ampliará. Hacia 1944 un investigador del diario *The American* (de Nashville, Tennessee) exhumó en una biblioteca de Memphis los cuarenta volúmenes de la Primera Enciclopedia de Tlön. Hasta el día de hoy se discute si ese descubrimiento fue casual o si lo consintieron los directores del todavía nebuloso *Orbis Tertius*. Es verosímil lo segundo. Algunos rasgos increíbles del Onceno Tomo (verbigracia, la multiplicación de los *hrönir*) han sido eliminados o atenuados en el ejemplar de Memphis; es razonable imaginar que esas tachaduras obedecen al plan de exhibir un mundo que no sea demasiado incompatible con el mundo real. La diseminación de objetos de Tlön en diversos países complementaría ese plan...[6] El hecho es que la prensa internacional voceó infinitamente el «hallazgo». Manuales, antologías, resúmenes, versiones literales, reimpresiones autorizadas y reimpresiones piráticas de la Obra Mayor de los Hombres abarrotaron y siguen abarrotando la tierra. Casi inmediatamente, la realidad cedió en más de un punto. Lo cierto es que anhelaba ceder. Hace diez años bastaba cualquier simetría con apariencia de orden —el materialismo dialéctico, el antisemitismo, el nazismo— para embelesar a los hombres. ¿Cómo no someterse a Tlön, a la minuciosa y vasta evidencia de un planeta ordenado? Inútil responder que la realidad también está ordenada. Quizá lo esté, pero de acuerdo a leyes divinas —traduzco: a leyes inhumanas— que no acabamos nunca de percibir. Tlön será un laberinto, pero es un laberinto urdido por hombres, un laberinto destinado a que lo descifren los hombres.

El contacto y el hábito de Tlön han desintegrado este mundo. Encantada por su rigor, la humanidad olvida y torna a olvidar que es un rigor de ajedrecistas, no de ángeles. Ya ha penetrado en las escuelas el (conjetural) «idioma primitivo» de Tlön; ya la enseñanza de su historia armoniosa (y llena de episodios conmovedores) ha obliterado a la que presidió mi niñez; ya en las memorias un pasado ficticio ocupa el sitio de otro, del que nada sabemos con certidumbre —ni siquiera que es falso. Han sido reformadas la numismática, la farmacología y la arqueología. Entiendo que

---

[6] Queda, naturalmente, el problema de la materia de algunos objetos.

la biología y las matemáticas aguardan también su avatar... Una dispersa dinastía de solitarios ha cambiado la faz del mundo. Su tarea prosigue. Si nuestras previsiones no erran, de aquí a cien años alguien descubrirá los cien tomos de la Segunda Enciclopedia de Tlön.

Entonces desaparecerán del planeta el inglés y el francés y el mero español. El mundo será Tlön. Yo no hago caso, yo sigo revisando en los quietos días del hotel de Adrogué una indecisa traducción quevediana (que no pienso dar a la imprenta) del *Urn Burial* de Browne.

Pierre Menard, autor del Quijote

A Silvina Ocampo

La obra *visible* que ha dejado este novelista es de fácil y breve enumeración. Son, por lo tanto, imperdonables las omisiones y adiciones perpetradas por Madame Henri Bachelier en un catálogo falaz que cierto diario cuya tendencia *protestante* no es un secreto ha tenido la desconsideración de inferir a sus deplorables lectores —si bien éstos son pocos y calvinistas, cuando no masones y circuncisos. Los amigos auténticos de Menard han visto con alarma ese catálogo y aun con cierta tristeza. Diríase que ayer nos reunimos ante el mármol final y entre los cipreses infaustos y ya el Error trata de empañar su Memoria... Decididamente, una breve rectificación es inevitable.

Me consta que es muy fácil recusar mi pobre autoridad. Espero, sin embargo, que no me prohibirán mencionar dos altos testimonios. La baronesa de Bacourt (en cuyos *vendredis* inolvidables tuve el honor de conocer al llorado poeta) ha tenido a bien aprobar las líneas que siguen. La condesa de Bagnoregio, uno de los espíritus más finos del principado de Mónaco (y ahora de Pittsburg, Pennsylvania, después de su reciente boda con el filántropo internacional Simón Kautzsch, tan calumniado, ¡ay!, por las víctimas de sus desinteresadas maniobras) ha sacrificado «a la veracidad y a la muerte» (tales son sus palabras) la señoril reserva que la distingue y en una carta abierta publicada en la revista *Luxe* me concede asimismo su beneplácito. Esas ejecutorias, creo, no son insuficientes.

He dicho que la obra *visible* de Menard es fácilmente enumerable. Examinado con esmero su archivo particular, he verificado que consta de las piezas que siguen:

a) Un soneto simbolista que apareció dos veces (con variaciones) en la revista *La conque* (números de marzo y octubre de 1899).

b) Una monografía sobre la posibilidad de construir un vocabulario poético de conceptos que no fueran sinónimos o perífrasis de los que informan el lenguaje común, «sino objetos ideales creados por una convención y esencialmente destinados a las necesidades poéticas» (Nîmes, 1901).

c) Una monografía sobre «ciertas conexiones o afinidades» del pensamiento de Descartes, de Leibniz y de John Wilkins (Nîmes, 1903).

d) Una monografía sobre la *Characteristica universalis* de Leibniz (Nîmes, 1904).

e) Un artículo técnico sobre la posibilidad de enriquecer el ajedrez eliminando uno de los peones de torre. Menard propone, recomienda, discute y acaba por rechazar esa innovación.

f) Una monografía sobre el *Ars magna generalis* de Ramón Lull (Nîmes, 1906).

g) Una traducción con prólogo y notas del *Libro de la invención liberal y arte del juego del axedreʒ* de Ruy López de Segura (París, 1907).

h) Los borradores de una monografía sobre la lógica simbólica de George Boole.

i) Un examen de las leyes métricas esenciales de la prosa francesa, ilustrado con ejemplos de Saint-Simon (*Revue des langues romanes*, Montpellier, octubre de 1909).

j) Una réplica a Luc Durtain (que había negado la existencia de tales leyes) ilustrada con ejemplos de Luc Durtain (*Revue des langues romanes*, Montpellier, diciembre de 1909).

k) Una traducción manuscrita de la *Aguja de navegar cultos* de Quevedo, intitulada *La boussole des précieux*.

l) Un prefacio al catálogo de la exposición de litografías de Carolus Hourcade (Nîmes, 1914).

m) La obra *Les problemes d' un problème* (París, 1917) que discute en orden cronológico las soluciones del ilustre problema de Aquiles y la tortuga. Dos ediciones de este libro han aparecido hasta ahora; la segunda trae como epígrafe el consejo de Leibniz «Ne craignez point, monsieur, la tortue», y renueva los capítulos dedicados a Russell y a Descartes.

n) Un obstinado análisis de las «costumbres sintácticas» de Toulet (*N. R. F.*, marzo de 1921). Menard —recuerdo— declaraba que censurar y alabar son operaciones sentimentales que nada tienen que ver con la crítica.

o) Una trasposición en alejandrinos del *Cimetière marin*, de Paul Valéry (*N. R. F.*, enero de 1928).

p) Una invectiva contra Paul Valéry, en las *Hojas para la supresión de la realidad* de Jacques Reboul. (Esa invectiva, dicho sea entre paréntesis, es el reverso exacto de su verdadera opinión sobre Valéry. Éste así lo entendió y la amistad antigua de los dos no corrió peligro.)

q) Una «definición» de la condesa de Bagnoregio, en el «victorioso volumen» —la locución es de otro colaborador, Gabriele d'Annunzio— que anualmente publica esta dama para rectificar los inevitables falseos del periodismo y presentar «al mundo y a Italia» una auténtica efigie de su persona, tan expuesta (en razón misma de su belleza y de su actuación) a interpretaciones erróneas o apresuradas.

r) Un ciclo de admirables sonetos para la baronesa de Bacourt (1934).

s) Una lista manuscrita de versos que deben su eficacia a la puntuación[1].

Hasta aquí (sin otra omisión que unos vagos sonetos circunstanciales para el hospitalario, o ávido, álbum de

---

[1] Madame Henri Bachelier enumera asimismo una versión literal de la versión literal que hizo Quevedo de la *Introduction à la vie dévote* de san Francisco de Sales. En la biblioteca de Pierre Menard no hay rastros de tal obra. Debe tratarse de una broma de nuestro amigo, mal escuchada.

Madame Henri Bachelier) la obra *visible* de Menard, en su orden cronológico. Paso ahora a la otra: la subterránea, la interminablemente heroica, la impar. También, ¡ay de las posibilidades del hombre!, la inconclusa. Esa obra, tal vez la más significativa de nuestro tiempo, consta de los capítulos noveno y trigésimo octavo de la primera parte del don Quijote y de un fragmento del capítulo veintidós. Yo sé que tal afirmación parece un dislate; justificar ese «dislate» es el objeto primordial de esta nota[2].

Dos textos de valor desigual inspiraron la empresa. Uno es aquel fragmento filológico de Novalis —el que lleva el número 2005 en la edición de Dresden— que esboza el tema de la *total identificación* con un autor determinado. Otro es uno de esos libros parasitarios que sitúan a Cristo en un bulevar, a Hamlet en la Cannebière o a don Quijote en Wall Street. Como todo hombre de buen gusto, Menard abominaba de esos carnavales inútiles, sólo aptos —decía— para ocasionar el plebeyo placer del anacronismo o (lo que es peor) para embelesarnos con la idea primaria de que todas las épocas son iguales o de que son distintas. Más interesante, aunque de ejecución contradictoria y superficial, le parecía el famoso propósito de Daudet: conjugar en *una* figura, que es Tartarín, al Ingenioso Hidalgo y a su escudero... Quienes han insinuado

---

[2] Tuve también el propósito secundario de bosquejar la imagen de Pierre Menard. Pero ¿cómo atreverme a competir con las páginas áureas que me dicen prepara la baronesa de Bacourt o con el lápiz delicado y puntual de Carolus Hourcade?

que Menard dedicó su vida a escribir un Quijote contemporáneo, calumnian su clara memoria.

No quería componer otro Quijote —lo cual es fácil— sino *el Quijote*. Inútil agregar que no encaró nunca una transcripción mecánica del original; no se proponía copiarlo. Su admirable ambición era producir unas páginas que coincidieran —palabra por palabra y línea por línea— con las de Miguel de Cervantes.

«Mi propósito es meramente asombroso», me escribió el 30 de septiembre de 1934 desde Bayonne. «El término final de una demostración teológica o metafísica —el mundo externo, Dios, la causalidad, las formas universales— no es menos anterior y común que mi divulgada novela. La sola diferencia es que los filósofos publican en agradables volúmenes las etapas intermediarias de su labor y que yo he resuelto perderlas.» En efecto, no queda un solo borrador que atestigüe ese trabajo de años.

El método inicial que imaginó era relativamente sencillo. Conocer bien el español, recuperar la fe católica, guerrear contra los moros o contra el turco, olvidar la historia de Europa entre los años de 1602 y de 1918, *ser* Miguel de Cervantes. Pierre Menard estudió ese procedimiento (sé que logró un manejo bastante fiel del español del siglo diecisiete) pero lo descartó por fácil. ¡Más bien por imposible! dirá el lector. De acuerdo, pero la empresa era de antemano imposible y de todos los medios imposibles para llevarla a término, éste era el menos interesante. Ser en el siglo veinte un novelista popular del siglo diecisiete le pareció una disminución. Ser, de alguna manera, Cervantes y llegar al Quijote le pareció menos arduo —por consiguiente, menos interesante— que seguir siendo Pierre Menard y llegar al Quijote, a través de las experiencias de Pierre Menard. (Esa convicción, dicho sea de paso, le hizo excluir el prólogo autobiográfico de la segunda parte del Don Quijote. Incluir ese prólogo hubiera sido crear otro personaje —Cervantes— pero también hubiera significado presentar el Quijote en función de ese personaje y no de Menard. Éste, naturalmente, se negó a esa facilidad.) «Mi empresa no es difícil, esencialmente», leo en otro lugar de la carta. «Me bastaría ser inmortal para llevarla a cabo.» ¿Confesaré que suelo imaginar que la terminó y que leo el Quijote —todo el Quijote— como si lo hubiera pensado Menard? Noches pasadas, al hojear el capítulo XXVI —no ensayado nunca por él— reconocí el estilo de nuestro amigo y como su voz en esta frase excepcional: *las ninfas de los ríos, la dolorosa y húmida Eco*. Esa conjunción eficaz de un adjetivo moral y otro físico me trajo a la memoria un verso de Shakespeare, que discutimos una tarde:

> *Where a malignant and a turbaned Turk...*

¿Por qué precisamente el Quijote? dirá nuestro lector. Esa preferencia, en un español, no hubiera sido inexplicable, pero sin duda lo es en un simbolista de Nîmes, devoto esencialmente de Poe, que engendró a Baudelaire, que engendró a Mallarmé, que engendró a Valéry, que engendró a Edmond Teste. La carta precitada ilumina el punto. «El Quijote», aclara Menard, «me interesa profundamente, pero no me parece ¿cómo lo diré? inevitable. No puedo imaginar el universo sin la interjección de Poe:

Ah, bear in mind this garden was enchanted!

o sin el *Bateau ivre* o el *Ancient mariner,* pero me sé capaz de imaginarlo sin el Quijote. (Hablo, naturalmente, de mi capacidad personal, no de la resonancia histórica de las obras.) El Quijote es un libro contingente, el Quijote es in-necesario. Puedo premeditar su escritura, puedo escribirlo, sin incurrir en una tautología. A los doce o trece años lo leí, tal vez íntegramente. Después he releído con atención algunos capítulos, aquellos que no intentaré por ahora. He cursado asimismo los entremeses, las comedias, la Galatea, las novelas ejemplares, los trabajos sin duda laboriosos de Persiles y Sigismunda y el Viaje del Parnaso... Mi recuerdo general del Quijote, simplificado por el olvido y la indi-ferencia, puede muy bien equivaler a la imprecisa imagen anterior de un libro no escrito. Postulada esa imagen (que nadie en buena ley me puede negar) es indiscutible que mi problema es harto más difícil que el de Cervantes. Mi com-placiente precursor no rehusó la colaboración del azar: iba componiendo la obra inmortal un poco *à la diable,* llevado por inercias del lenguaje y de la invención. Yo he contraído el misterioso deber de reconstruir literalmente su obra es-pontánea. Mi solitario juego está gobernado por dos leyes polares. La primera me permite ensayar variantes de tipo formal o psicológico; la segunda me obliga a sacrificarlas al texto 'original' y a razonar de un modo irrefutable esa aniquilación... A esas trabas artificiales hay que sumar otra, congénita. Componer el Quijote a principios del siglo diecisiete era una empresa razonable, necesaria, acaso fatal; a principios del veinte, es casi imposible. No en vano han transcurrido trescientos años, cargados de complejísimos hechos. Entre ellos, para mencionar uno solo: el mismo Quijote.»

A pesar de esos tres obstáculos, el fragmentario Quijote de Menard es más sutil que el de Cervantes. Éste, de un modo burdo, opone a las ficciones caballerescas la pobre realidad provinciana de su país; Menard elige como «realidad» la tierra de Carmen durante el siglo de Lepanto y de Lope. ¡Qué españoladas no habría aconsejado esa elección a Maurice Barrès o al doctor Rodríguez Larreta! Menard, con toda naturalidad, las elude. En su obra no hay gitanerías ni conquistadores, ni místicos, ni Felipe Segundo ni autos de fe. Desatiende o proscribe el color local. Ese desdén indica un sentido nuevo de la novela histórica. Ese desdén condena a *Salammbô*, inapelablemente.

No menos asombroso es considerar capítulos aislados. Por ejemplo, examinemos el XXXVIII de la primera parte, «que trata del curioso discurso que hizo don Quixote de las armas y las letras». Es sabido que don Quijote (como Quevedo en el pasaje análogo, y posterior, de *La hora de todos*) falla el pleito contra las letras y en favor de las armas. Cervantes era un viejo militar: su fallo se explica. ¡Pero que el don Quijote de Pierre Menard —hombre contemporáneo de *La trahison des clercs* y de Bertrand Russell— reincida en esas nebulosas sofisterías! Madame Bachelier ha visto en ellas una admirable y típica subordinación del autor a la psicología del héroe; otros (nada perspicazmente) una *transcripción* del Quijote; la baronesa de Bacourt, la influencia de Nietzsche. A esa tercera interpretación (que juzgo irrefutable) no sé si me atreveré a añadir una cuarta, que condice muy bien con la casi divina modestia de Pierre Menard: su hábito resignado o irónico de propagar ideas que eran el estricto reverso de las preferidas por él. (Rememoremos otra vez su diatriba contra Paul Valéry en la efímera hoja superrealista de Jacques Reboul.) El texto de Cervantes y el de Menard son verbalmente idénticos, pero el segundo es casi infinitamente más rico. (Más ambiguo, dirán sus detractores; pero la ambigüedad es una riqueza.)

Es una revelación cotejar el don Quijote de Menard con el de Cervantes. Éste, por ejemplo, escribió (Don Quijote, primera parte, noveno capítulo):

(...) la verdad, cuya madre es la historia, émula del tiempo, depósito de las acciones, testigo de lo pasado, ejemplo y aviso de lo presente, advertencia de lo por venir.

Redactada en el siglo diecisiete, redactada por el «ingenio lego» Cervantes, esa enumeración es un mero elogio retórico de la historia. Menard, en cambio, escribe:

(...) la verdad, cuya madre es la historia, émula del tiempo, depósito de las acciones, testigo de lo pasado, ejemplo y aviso de lo presente, advertencia de lo por venir.

La historia, *madre* de la verdad; la idea es asombrosa. Menard, contemporáneo de William James, no define la historia como una indagación de la realidad sino como su origen. La verdad histórica, para él, no es lo que sucedió; es lo que juzgamos que sucedió. Las cláusulas finales —*ejemplo y aviso de lo presente, advertencia de lo por venir*— son descaradamente pragmáticas.

También es vívido el contraste de los estilos. El estilo arcaizante de Menard —extranjero al fin— adolece de alguna afectación. No así el del precursor, que maneja con desenfado el español corriente de su época.

No hay ejercicio intelectual que no sea finalmente inútil. Una doctrina filosófica es al principio una descripción verosímil del universo; giran los años y es un mero capítulo —cuando no un párrafo o un nombre— de la historia de la filosofía. En la literatura, esa caducidad es aún más notoria. El Quijote —me dijo Menard— fue ante todo un libro agradable; ahora es una ocasión de brindis patriótico, de soberbia gramatical, de obscenas ediciones de lujo. La gloria es una incomprensión y quizá la peor.

Nada tienen de nuevo esas comprobaciones nihilistas; lo singular es la decisión que de ellas derivó Pierre Menard. Resolvió adelantarse a la vanidad que aguarda todas las fatigas del hombre; acometió una empresa complejísima y de

antemano fútil. Dedicó sus escrúpulos y vigilias a repetir
en un idioma ajeno un libro preexistente. Multiplicó los borradores; corrigió tenazmente y desgarró miles de páginas
manuscritas[3]. No permitió que fueran examinadas por nadie
y cuidó que no le sobrevivieran. En vano he procurado
reconstruirlas.

He reflexionado que es lícito ver en el Quijote «final»
una especie de palimpsesto, en el que deben traslucirse los
rastros —tenues pero no indescifrables— de la «previa»
escritura de nuestro amigo. Desgraciadamente, sólo un segundo Pierre Menard, invirtiendo el trabajo del anterior,
podría exhumar y resucitar esas Troyas...

«Pensar, analizar, inventar (me escribió también) no son
actos anómalos, son la normal respiración de la inteligencia.
Glorificar el ocasional cumplimiento de esa función, atesso-
rar antiguos y ajenos pensamientos, recordar con incrédulo
estupor lo que el *doctor universalis* pensó, es confesar nuestra
languidez o nuestra barbarie. Todo hombre debe ser capaz
de todas las ideas y entiendo que en el porvenir lo será.»

Menard (acaso sin quererlo) ha enriquecido mediante
una técnica nueva el arte detenido y rudimentario de la lectura: la técnica del anacronismo deliberado y de las atribu-
ciones erróneas. Esa técnica de aplicación infinita nos insta
a recorrer la Odisea como si fuera posterior a la Eneida y el

---

[3] Recuerdo sus cuadernos cuadriculados, sus negras tachaduras, sus
peculiares símbolos tipográficos y su letra de insecto. En los atardeceres
le gustaba salir a caminar por los arrabales de Nîmes; solía llevar consigo
un cuaderno y hacer una alegre fogata.

libro *Le jardin du Centaure* de Madame Henri Bachelier como si fuera de Madame Henri Bachelier. Esa técnica puebla de aventura los libros más calmosos. Atribuir a Louis Ferdinand Céline o a James Joyce la *Imitación de Cristo* ¿no es una suficiente renovación de esos tenues avisos espirituales?

Nîmes, 1939

Las ruinas circulares

And if he left off dreaming about you...

THROUGH THE LOOKING-GLASS, VI

Nadie lo vio desembarcar en la unánime noche, nadie vio la canoa de bambú sumiéndose en el fango sagrado, pero a los pocos días nadie ignoraba que el hombre taciturno venía del Sur y que su patria era una de las infinitas aldeas que están aguas arriba, en el flanco violento de la montaña, donde el idioma zend no está contaminado de griego y donde es infrecuente la lepra. Lo cierto es que el hombre gris besó el fango, repechó la ribera sin apartar (probablemente, sin sentir) las cortaderas que le dilaceraban las carnes y se arrastró, mareado y ensangrentado, hasta el recinto circular que corona un tigre o caballo de piedra, que tuvo alguna vez el color del fuego y ahora el de la ceniza. Ese redondel es un

templo que devoraron los incendios antiguos, que la selva
palúdica ha profanado y cuyo dios no recibe honor de los
hombres. El forastero se tendió bajo el pedestal. Lo despertó
el sol alto. Comprobó sin asombro que las heridas habían
cicatrizado; cerró los ojos pálidos y durmió, no por flaqueza
de la carne sino por determinación de la voluntad. Sabía que
ese templo era el lugar que requería su invencible propósito;
sabía que los árboles incesantes no habían logrado estran-
gular, río abajo, las ruinas de otro templo propicio, también
de dioses incendiados y muertos; sabía que su inmediata
obligación era el sueño. Hacia la medianoche lo despertó el
grito inconsolable de un pájaro. Rastros de pies descalzos,
unos higos y un cántaro le advirtieron que los hombres de la
región habían espiado con respeto su sueño y solicitaban su
amparo o temían su magia. Sintió el frío del miedo y buscó
en la muralla dilapidada un nicho sepulcral y se tapó con
hojas desconocidas.

El propósito que lo guiaba no era imposible, aunque sí
sobrenatural. Quería soñar un hombre: quería soñarlo con
integridad minuciosa e imponerlo a la realidad. Ese proyecto mágico había agotado el espacio entero de su alma; si
alguien le hubiera preguntado su propio nombre o cualquier
rasgo de su vida anterior, no habría acertado a responder.
Le convenía el templo inhabitado y despedazado, porque
era un mínimo de mundo visible; la cercanía de los leña-
dores también, porque éstos se encargaban de subvenir a
sus necesidades frugales. El arroz y las frutas de su tributo

eran pábulo suficiente para su cuerpo, consagrado a la única tarea de dormir y soñar.

Al principio, los sueños eran caóticos; poco después, fueron de naturaleza dialéctica. El forastero se soñaba en el centro de un anfiteatro circular que era de algún modo el templo incendiado: nubes de alumnos taciturnos fatigaban las gradas; las caras de los últimos pendían a muchos siglos de distancia y a una altura estelar, pero eran del todo precisas. El hombre les dictaba lecciones de anatomía, de cosmografía, de magia: los rostros escuchaban con ansiedad y procuraban responder con entendimiento, como si adivinaran la importancia de aquel examen, que redimiría a uno de ellos de su condición de vana apariencia y lo interpolaría en el mundo real. El hombre, en el sueño y en la vigilia, consideraba las respuestas de sus fantasmas, no se dejaba embaucar por los impostores, adivinaba en ciertas perplejidades una inteligencia creciente. Buscaba un alma que mereciera participar en el universo.

A las nueve o diez noches comprendió con alguna amargura que nada podía esperar de aquellos alumnos que aceptaban con pasividad su doctrina y sí de aquellos que arriesgaban, a veces, una contradicción razonable. Los primeros, aunque dignos de amor y de buen afecto, no podían ascender a individuos; los últimos preexistían un poco más. Una tarde (ahora también las tardes eran tributarias del sueño, ahora no velaba sino un par de horas en el amanecer) licenció para siempre el vasto colegio ilusorio y se quedó con un solo alumno. Era un muchacho taciturno, cetrino, díscolo a veces, de rasgos aislados que repetían los de su soñador. No lo desconcertó por mucho tiempo la brusca eliminación de los condiscípulos; su progreso, al cabo de unas pocas lecciones particulares, pudo maravillar al maestro. Sin embargo, la catástrofe sobrevino. El hombre, un día, emergió del sueño como de un desierto viscoso, miró la vana luz de la tarde que al pronto confundió con la aurora y comprendió que no había soñado. Toda esa noche y todo el día, la intolerable lucidez del insomnio se abatió contra él. Quiso explorar la selva, extenuarse; apenas alcanzó entre la cicuta unas rachas de sueño débil, veteadas fugazmente de visiones de tipo rudimental: inservibles. Quiso congregar el colegio y apenas hubo articulado unas breves palabras de exhortación, éste se deformó, se borró. En la casi perpetua vigilia, lágrimas de ira le quemaban los viejos ojos.

Comprendió que el empeño de modelar la materia incoherente y vertiginosa de que se componen los sueños es el más arduo que puede acometer un varón, aunque penetre todos los enigmas del orden superior y del inferior: mucho más arduo que tejer una cuerda de arena o que amonedar el viento sin cara. Comprendió que un fracaso inicial era inevitable. Juró olvidar la enorme alucinación que lo había desviado al principio y buscó otro método de trabajo. Antes de ejercitarlo, dedicó un mes a la reposición de las fuerzas que había malgastado el delirio. Abandonó toda premeditación de soñar y casi acto continuo logró dormir un trecho razonable del día. Las raras veces que soñó durante ese periodo, no reparó en los sueños. Para reanudar la tarea, esperó que el disco de la luna fuera perfecto. Luego, en la tarde, se purificó en las aguas del río, adoró los dioses planetarios, pronunció las sílabas lícitas de un nombre poderoso y durmió. Casi inmediatamente, soñó con un corazón que latía.

Lo soñó activo, caluroso, secreto, del grandor de un puño cerrado, color granate en la penumbra de un cuerpo humano aún sin cara ni sexo; con minucioso amor lo soñó, durante catorce lúcidas noches. Cada noche, lo percibía con mayor evidencia. No lo tocaba; se limitaba a atestiguarlo, a observarlo, tal vez a corregirlo con la mirada. Lo percibía, lo vivía, desde muchas distancias y muchos ángulos. La noche catorcena rozó la arteria pulmonar con el índice y luego todo el corazón, desde afuera y adentro. El examen lo satisfizo. Deliberadamente no soñó durante una noche: luego retomó el corazón, invocó el nombre de un planeta y emprendió la visión de otro de los órganos principales. Antes de un año llegó al esqueleto, a los párpados. El pelo innumerable fue tal vez la tarea más difícil. Soñó un hombre íntegro, un mancebo, pero éste no se incorporaba ni hablaba ni podía abrir los ojos. Noche tras noche, el hombre lo soñaba dormido.

En las cosmogonías gnósticas, los demiurgos amasan un rojo Adán que no logra ponerse de pie; tan inhábil y rudo y elemental como ese Adán de polvo era el Adán de sueño que las noches del mago habían fabricado. Una tarde, el hombre casi destruyó toda su obra, pero se arrepintió. (Más le hubiera valido destruirla.) Agotados los votos a los númenes de la tierra y del río, se arrojó a los pies de la efigie que tal vez era un tigre y tal vez un potro, e imploró su desconocido socorro. Ese crepúsculo, soñó con la estatua. La soñó viva, trémula: no era un atroz bastardo de tigre y potro, sino a la vez esas dos criaturas vehementes y también un toro, una rosa, una tempestad. Ese múltiple dios le reveló que su nombre terrenal era Fuego, que en ese templo circular (y en otros iguales) le habían rendido sacrificios y culto y que mágicamente animaría al fantasma soñado, de suerte que todas las criaturas, excepto el Fuego mismo y el soñador, lo pensaran un hombre de carne y hueso. Le ordenó que una vez instruido en los ritos, lo enviaría al otro templo despedazado cuyas pirámides persisten aguas abajo, para que alguna voz lo glorificara en aquel edificio desierto. En el sueño del hombre que soñaba, el soñado se despertó.

El mago ejecutó esas órdenes. Consagró un plazo (que finalmente abarcó dos años) a descubrirle los arcanos del universo y del culto del fuego. Íntimamente, le dolía apartarse de él. Con el pretexto de la necesidad pedagógica, dilataba cada día las horas dedicadas al sueño. También rehízo el hombro derecho, acaso deficiente. A veces, lo inquietaba una impresión de que ya todo eso había acontecido... En general, sus días eran felices; al cerrar los ojos pensaba: *Ahora estaré con mi hijo.* O, más raramente: *El hijo que he engendrado me espera y no existirá si no voy.*

Gradualmente, lo fue acostumbrando a la realidad. Una vez le ordenó que embanderara una cumbre lejana. Al otro día, flameaba la bandera en la cumbre. Ensayó otros ex-

perimentos análogos, cada vez más audaces. Comprendió
con cierta amargura que su hijo estaba listo para nacer —y
tal vez impaciente. Esa noche lo besó por primera vez y lo
envió al otro templo cuyos despojos blanqueaban río abajo,
a muchas leguas de inextricable selva y de ciénaga. Antes
(para que no supiera nunca que era un fantasma, para que
se creyera un hombre como los otros) le infundió el olvido
total de sus años de aprendizaje.

Su victoria y su paz quedaron empañadas de hastío. En
los crepúsculos de la tarde y del alba, se prosternaba ante la
figura de piedra, tal vez imaginando que su hijo irreal ejecu-
taba idénticos ritos, en otras ruinas circulares, aguas abajo;
de noche no soñaba, o soñaba como lo hacen todos los hombres. Percibía con cierta palidez los sonidos y formas del
universo: el hijo ausente se nutría de esas disminuciones de
su alma. El propósito de su vida estaba colmado; el hombre
persistió en una suerte de éxtasis. Al cabo de un tiempo que
ciertos narradores de su historia prefieren computar en años
y otros en lustros, lo despertaron dos remeros a medianoche: no pudo ver sus caras, pero le hablaron de un hombre
mágico en un templo del Norte, capaz de hollar el fuego y
de no quemarse. El mago recordó bruscamente las palabras
del dios. Recordó que de todas las criaturas que componen
el orbe, el fuego era la única que sabía que su hijo era un
fantasma. Ese recuerdo, apaciguador al principio, acabó por
atormentarlo. Temió que su hijo meditara en ese privilegio
anormal y descubriera de algún modo su condición de mero
simulacro. No ser un hombre, ser la proyección del sueño de

otro hombre ¡qué humillación incomparable, qué vértigo! A todo padre le interesan los hijos que ha procreado (que ha permitido) en una mera confusión o felicidad; es natural que el mago temiera por el porvenir de aquel hijo, pensado entraña por entraña y rasgo por rasgo, en mil y una noches secretas.

El término de sus cavilaciones fue brusco, pero lo prometieron algunos signos. Primero (al cabo de una larga sequía) una remota nube en un cerro, liviana como un pájaro; luego hacia el Sur, el cielo que tenía el color rosado de la encía de los leopardos; luego las humaredas que herrumbraron el metal de las noches; después la fuga pánica de las bestias. Porque se repitió lo acontecido hace muchos siglos. Las ruinas del santuario del dios del fuego fueron destruidas por el fuego. En un alba sin pájaros el mago vio cernirse contra los muros el incendio concéntrico. Por un instante, pensó refugiarse en las aguas, pero luego comprendió que la muerte venía a coronar su vejez y a absolverlo de sus trabajos. Caminó contra los jirones de fuego. Éstos no mordieron su carne, éstos lo acariciaron y lo inundaron sin calor y sin combustión. Con alivio, con humillación, con terror, comprendió que él también era una apariencia, que otro estaba soñándolo.

La lotería en Babilonia

Como todos los hombres de Babilonia, he sido procónsul; como todos, esclavo; también he conocido la omnipotencia, el oprobio, las cárceles. Miren: a mi mano derecha le falta el índice. Miren: por este desgarrón de la capa se ve en mi estómago un tatuaje bermejo: es el segundo símbolo, Beth. Esta letra, en las noches de luna llena, me confiere poder sobre los hombres cuya marca es Ghimel, pero me subordina a los de Aleph, que en las noches sin luna deben obediencia a los de Ghimel. En el crepúsculo del alba, en un sótano, he yugulado ante una piedra negra toros sagrados. Durante un año de la luna, he sido declarado invisible: gritaba y no me respondían, robaba el pan y no me decapitaban. He conocido lo que ignoran los griegos: la incertidumbre. En una cámara de bronce, ante el pañuelo silencioso del estrangulador, la esperanza me ha sido fiel; en el río de los deleites, el pánico. Heraclides Póntico refiere con admiración que Pi-

tágoras recordaba haber sido Pirro y antes Euforbo y antes
algún otro mortal; para recordar vicisitudes análogas yo no
preciso recurrir a la suerte ni aun a la impostura.

Debo esa variedad casi atroz a una institución que otras
repúblicas ignoran o que obra en ellas de un modo imperfecto y secreto: la lotería. No he indagado su historia; sé
que los magos no logran ponerse de acuerdo; sé de sus po-
derosos propósitos lo que puede saber de la luna el hombre
no versado en astrología. Soy de un país vertiginoso donde
la lotería es parte principal de la realidad: hasta el día
de hoy, he pensado tan poco en ella como en la conducta de
los dioses indescifrables o de mi corazón. Ahora, lejos de
Babilonia y de sus queridas costumbres, pienso con algún
asombro en la lotería y en las conjeturas blasfemas que en el
crepúsculo murmuran los hombres velados.

Mi padre refería que antiguamente —¿cuestión de
siglos, de años?— la lotería en Babilonia era un juego de
carácter plebeyo. Refería (ignoro si con verdad) que los
barberos despachaban por monedas de cobre rectángulos
de hueso o de pergamino adornados de símbolos. En pleno
día se verificaba un sorteo: los agraciados recibían, sin otra
corroboración del azar, monedas acuñadas de plata. El procedimiento era elemental, como ven ustedes.

Naturalmente, esas «loterías» fracasaron. Su virtud moral
era nula. No se dirigían a todas las facultades del hombre:
únicamente a su esperanza. Ante la indiferencia pública, los
mercaderes que fundaron esas loterías venales, comenzaron
a perder el dinero. Alguien ensayó una reforma: la interpo-

lación de unas pocas suertes adversas en el censo de números favorables. Mediante esa reforma, los compradores de rectángulos numerados corrían el doble albur de ganar una suma y de pagar una multa a veces cuantiosa. Ese leve peligro (por cada treinta números favorables había un número aciago) despertó, como es natural, el interés del público. Los babilonios se entregaron al juego. El que no adquiría suertes era considerado un pusilánime, un apocado. Con el tiempo, ese desdén justificado se duplicó. Era despreciado el que no jugaba, pero también eran despreciados los perdedores que abonaban la multa. La Compañía (así empezó a llamársela entonces) tuvo que velar por los ganadores, que no podían cobrar los premios si faltaba en las cajas el importe casi total de las multas. Entabló una demanda a los perdedores: el juez los condenó a pagar la multa original y las costas o a unos días de cárcel. Todos optaron por la cárcel, para defraudar a la Compañía. De esa bravata de unos pocos nace el todopoder de la Compañía: su valor eclesiástico, metafísico.

Poco después, los informes de los sorteos omitieron las enumeraciones de multas y se limitaron a publicar los días de prisión que designaba cada número adverso. Ese laconismo, casi inadvertido en su tiempo, fue de importancia capital. *Fue la primera aparición en la lotería de elementos no pecuniarios.* El éxito fue grande. Instada por los jugadores, la Compañía se vio precisada a aumentar los números adversos.

Nadie ignora que el pueblo de Babilonia es muy devoto de la lógica, y aun de la simetría. Era incoherente que los números faustos se computaran en redondas monedas y los infaustos en días y noches de cárcel. Algunos moralistas razonaron que la posesión de monedas no siempre determina la felicidad y que otras formas de la dicha son quizá más directas.

Otra inquietud cundía en los barrios bajos. Los miembros del colegio sacerdotal multiplicaban las puestas y gozaban de todas las vicisitudes del terror y de la esperanza; los pobres (con envidia razonable e inevitable) se sabían excluidos de ese vaivén, notoriamente delicioso. El justo anhelo de que todos, pobres y ricos, participasen por igual en la lotería, inspiró una indignada agitación, cuya memoria no han desdibujado los años. Algunos obstinados no comprendieron (o simularon no comprender) que se trataba de un orden nuevo, de una etapa histórica necesaria... Un esclavo robó un billete carmesí, que en el sorteo lo hizo acreedor a que le quemaran la lengua. El código fijaba esa misma pena para el que robaba un billete. Algunos babilonios argumentaban que merecía el hierro candente, en su calidad de ladrón; otros, magnánimos, que el verdugo debía aplicárselo porque así lo había determinado el azar... Hubo disturbios, hubo efusiones lamentables de sangre; pero la gente babilónica impuso finalmente su voluntad, contra la oposición de los ricos. El pueblo consiguió con plenitud sus fines generosos. En primer término, logró que la Compañía aceptara la suma del poder público. (Esa unificación era necesaria, dada la vastedad y complejidad de las nuevas operaciones.) En segundo término, logró que la lotería fuera secreta, gra-

tuita y general. Quedó abolida la venta mercenaria de suertes. Ya iniciado en los misterios de Bel, todo hombre libre
automáticamente participaba en los sorteos sagrados, que
se efectuaban en los laberintos del dios cada sesenta noches
y que determinaban su destino hasta el otro ejercicio. Las
consecuencias eran incalculables. Una jugada feliz podía
motivar su elevación al concilio de magos o la prisión de un
enemigo (notorio o íntimo) o el encontrar, en la pacífica tiniebla del cuarto, la mujer que empieza a inquietarnos o que
no esperábamos rever; una jugada adversa: la mutilación, la
variada infamia, la muerte. A veces un solo hecho —el ta-
bernario asesinato de C, la apoteosis misteriosa de B— era
la solución genial de treinta o cuarenta sorteos. Combinar
las jugadas era difícil; pero hay que recordar que los individuos de la Compañía eran (y son) todopoderosos y astutos.
En muchos casos el conocimiento de que ciertas felicidades
eran simple fábrica del azar, hubiera aminorado su virtud;
para eludir ese inconveniente, los agentes de la Compañía
usaban de las sugestiones y de la magia. Sus pasos, sus manejos, eran secretos. Para indagar las íntimas esperanzas y
los íntimos terrores de cada cual, disponían de astrólogos y
de espías. Había ciertos leones de piedra, había una letrina
sagrada llamada Qaphqa, había unas grietas en un polvoriento acueducto que, según opinión general, *daban a la
Compañía;* las personas malignas o benévolas depositaban
delaciones en esos sitios. Un archivo alfabético recogía esas
noticias de variable veracidad.

Increíblemente, no faltaron murmuraciones. La Compañía, con su discreción habitual, no replicó directamente. Prefirió borrajear en los escombros de una fábrica de caretas un argumento breve, que ahora figura en las escrituras sagradas. Esa pieza doctrinal observaba que la lotería es una interpolación del azar en el orden del mundo y que aceptar errores no es contradecir el azar: es corroborarlo. Observaba asimismo que esos leones y ese recipiente sagrado, aunque no desautorizados por la Compañía (que no renunciaba al derecho de consultarlos), funcionaban sin garantía oficial.

Esa declaración apaciguó las inquietudes públicas. También produjo otros efectos, acaso no previstos por el autor. Modificó hondamente el espíritu y las operaciones de la Compañía. Poco tiempo me queda; nos avisan que la nave está por zarpar; pero trataré de explicarlo.

Por inverosímil que sea, nadie había ensayado hasta entonces una teoría general de los juegos. El babilonio es poco especulativo. Acata los dictámenes del azar, les entrega su vida, su esperanza, su terror pánico, pero no se le ocurre investigar sus leyes laberínticas, ni las esferas giratorias que lo revelan. Sin embargo, la declaración oficiosa que he mencionado inspiró muchas discusiones de carácter jurídico-matemático. De alguna de ellas nació la conjetura siguiente: Si la lotería es una intensificación del azar, una periódica infusión del caos en el cosmos ¿no convendría que el azar interviniera en todas las etapas del sorteo y no en una sola? ¿No es irrisorio que el azar dicte la muerte de alguien y que las circunstancias de esa muerte —la reserva, la publicidad, el plazo de una hora o de un siglo— no estén sujetas al azar? Esos escrúpulos tan justos provocaron al fin una considerable reforma, cuyas complejidades (agravadas por un ejercicio de siglos) no entienden sino algunos especialistas pero que intentaré resumir, siquiera de modo simbólico.

Imaginemos un primer sorteo, que dicta la muerte de un hombre. Para su cumplimiento se procede a un otro sorteo, que propone (digamos) nueve ejecutores posibles. De esos ejecutores, cuatro pueden iniciar un tercer sorteo que dirá el nombre del verdugo, dos pueden reemplazar la orden adversa por una orden feliz (el encuentro de un tesoro, digamos), otro exacerbará la muerte (es decir la hará infame o la enriquecerá de torturas), otros pueden negarse a cumplirla... Tal es el esquema simbólico. En la realidad *el número de sorteos es infinito*. Ninguna decisión es final, todas se ramifican en otras. Los ignorantes suponen que infinitos sorteos requieren un tiempo infinito; en realidad basta que el tiempo sea infinitamente subdivisible, como lo enseña la famosa parábola del Certamen con la Tortuga. Esa infinitud condice de admirable manera con los sinuosos números del Azar y con el Arquetipo Celestial de la Lotería, que adoran los platónicos... Algún eco deforme de nuestros ritos parece haber retumbado en el Tíber: Elio Lampridio, en la *Vida de Antonino Heliogábalo*, refiere que este emperador escribía en conchas las suertes que destinaba a los convidados, de manera que uno recibía diez libras de oro y otro diez moscas, diez lirones, diez osos. Es lícito recordar que Heliogábalo se educó en el Asia Menor, entre los sacerdotes del dios epónimo.

También hay sorteos impersonales, de propósito indefinido: uno decreta que se arroje a las aguas del Éufrates un zafiro de Taprobana; otro, que desde el techo de una torre se suelte un pájaro; otro, que cada siglo se retire (o se añada) un grano de arena de los innumerables que hay en la playa. Las consecuencias son, a veces, terribles.

Bajo el influjo bienhechor de la Compañía, nuestras costumbres están saturadas de azar. El comprador de una docena de ánforas de vino damasceno no se maravillará si una de ellas encierra un talismán o una víbora; el escribano que redacta un contrato no deja casi nunca de introducir algún dato erróneo; yo mismo, en esta apresurada declaración, he falseado algún esplendor, alguna atrocidad. Quizá, también, alguna misteriosa monotonía... Nuestros historiadores, que son los más perspicaces del orbe, han inventado un método para corregir el azar; es fama que las operaciones de ese método son (en general) fidedignas; aunque, naturalmente, no se divulgan sin alguna dosis de engaño. Por lo demás, nada tan contaminado de ficción como la historia de la Compañía... Un documento paleográfico, exhumado en un templo, puede ser obra del sorteo de ayer o de un sorteo secular. No se publica un libro sin alguna divergencia entre cada uno de los ejemplares. Los escribas prestan juramento secreto de omitir, de interpolar, de variar. También se ejerce la mentira indirecta.

La Compañía, con modestia divina, elude toda publicidad. Sus agentes, como es natural, son secretos; las órdenes que imparte continuamente (quizá incesantemente) no difieren de las que prodigan los impostores. Además ¿quién podrá jactarse de ser un mero impostor? El ebrio que improvisa un mandato absurdo, el soñador que se despierta de golpe y ahoga con las manos a la mujer que duerme a su lado ¿no ejecutan, acaso, una secreta decisión de la Compañía? Ese funcionamiento silencioso, comparable al de Dios, provoca toda suerte de conjeturas. Alguna abominablemente insinúa que hace ya siglos que no existe la Compañía y que el sacro desorden de nuestras vidas es puramente hereditario, tradicional; otra la juzga eterna y enseña que perdurará hasta la última noche, cuando el último dios anonade el mundo. Otra, declara que la Compañía es omnipotente, pero que sólo influye en cosas minúsculas: en el grito de un pájaro, en los matices de la herrumbre y del polvo, en los entresueños del alba. Otra, por boca de heresiarcas enmascarados, *que no ha existido nunca y no existirá*. Otra, no menos vil, razona que es indiferente afirmar o negar la realidad de la tenebrosa corporación, porque Babilonia no es otra cosa que un infinito juego de azares.

Examen de la obra
de Herbert Quain

Herbert Quain ha muerto en Roscommon; he comprobado
sin asombro que el Suplemento Literario del *Times* apenas le
depara media columna de piedad necrológica, en la que no
hay epíteto laudatorio que no esté corregido (o seriamente
amonestado) por un adverbio. El *Spectator,* en su número
pertinente, es sin duda menos lacónico y tal vez más cordial,
pero equipara el primer libro de Quain —*The God of the
Labyrinth*— a uno de Mrs. Agatha Christie y otros a los de
Gertrude Stein: evocaciones que nadie juzgará inevitables y
que no hubieran alegrado al difunto. Éste, por lo demás, no
se creyó nunca genial; ni siquiera en las noches peripatéticas
de conversación literaria, en las que el hombre que ya ha
fatigado las prensas, juega invariablemente a ser Monsieur
Teste o el doctor Samuel Johnson... Percibía con toda luci-

dez la condición experimental de sus libros: admirables tal
vez por lo novedoso y por cierta lacónica probidad, pero no
por las virtudes de la pasión. *Soy como las odas de Cowley,*
me escribió desde Longford el 6 de marzo de 1939. *No perte-
nezco al arte, sino a la mera historia del arte.* No había, para él,
disciplina inferior a la historia.

He repetido una modestia de Herbert Quain; naturalmente, esa modestia no agota su pensamiento. Flaubert
y Henry James nos han acostumbrado a suponer que las
obras de arte son infrecuentes y de ejecución laboriosa; el
siglo XVI (recordemos el *Viaje del Parnaso,* recordemos
el destino de Shakespeare) no compartía esa desconsolada
opinión. Herbert Quain, tampoco. Le parecía que la buena
literatura es harto común y que apenas hay diálogo callejero
que no la logre. También le parecía que el hecho estético
no puede prescindir de algún elemento de asombro y que
asombrarse de memoria es difícil. Deploraba con sonriente
sinceridad «la servil y obstinada conservación» de libros
pretéritos... Ignoro si su vaga teoría es justificable; sé que
sus libros anhelan demasiado el asombro.

Deploro haber prestado a una dama, irreversiblemente,
el primero que publicó. He declarado que se trata de una
novela policial, *The God of the Labyrinth;* puedo agregar que
el editor la propuso a la venta en los últimos días de noviem-
bre de 1933. En los primeros de diciembre, las agradables
y arduas involuciones del *Siamese Twin Mystery* atarearon
a Londres y a Nueva York; yo prefiero atribuir a esa coin-

cidencia ruinosa el fracaso de la novela de nuestro amigo. También (quiero ser del todo sincero) a su ejecución deficiente y a la vana y frígida pompa de ciertas descripciones del mar. Al cabo de siete años, me es imposible recuperar los pormenores de la acción; he aquí su plan; tal como ahora lo empobrece (tal como ahora lo purifica) mi olvido. Hay un indescifrable asesinato en las páginas iniciales, una lenta discusión en las intermedias, una solución en las últimas. Ya aclarado el enigma, hay un párrafo largo y retrospectivo que contiene esta frase: *Todos creyeron que el encuentro de los dos jugadores de ajedrez había sido casual*. Esa frase deja entender que la solución es errónea. El lector, inquieto, revisa los capítulos pertinentes y descubre *otra* solución, que es la verdadera. El lector de ese libro singular es más perspicaz que el *detective*.

Aún más heterodoxa es la «novela regresiva, ramificada» *April March*, cuya tercera (y única) parte es de 1936. Nadie, al juzgar esa novela, se niega a descubrir que es un juego; es lícito recordar que el autor no la consideró nunca otra cosa. *Yo reivindico para esa obra*, le oí decir, *los rasgos esenciales de todo juego: la simetría, las leyes arbitrarias, el tedio*. Hasta el nombre es un débil *calembour:* no significa *Marcha de abril* sino literalmente *Abril marzo*. Alguien ha percibido en sus páginas un eco de las doctrinas de Dunne; el prólogo de Quain prefiere evocar aquel inverso mundo de Bradley, en que la muerte precede al nacimiento y la cicatriz a la herida y la herida al golpe (*Appearance and Reality*, 1897, página

215)[1]. Los mundos que propone *April March* no son regresivos, lo es la manera de historiarlos. Regresiva y ramificada, como ya dije. Trece capítulos integran la obra. El primero refiere el ambiguo diálogo de unos desconocidos en un andén. El segundo refiere los sucesos de la víspera del primero. El tercero, también retrógrado, refiere los sucesos de *otra* posible víspera del primero; el cuarto, los de otra. Cada una de esas tres vísperas (que rigurosamente se excluyen) se ramifica en otras tres vísperas, de índole muy diversa. La obra total consta, pues, de nueve novelas; cada novela, de tres largos capítulos. (El primero es común a todas naturalmente.) De esas novelas, una es de carácter simbólico; otra, sobrenatural; otra, policial; otra, psicológica; otra, comunista; otra, anticomunista, etcétera. Quizá un esquema ayude a comprender la estructura.

$$
Z \begin{cases} y1 & \begin{cases} x1 \\ x2 \\ x3 \end{cases} \\ y2 & \begin{cases} x4 \\ x5 \\ x6 \end{cases} \\ y3 & \begin{cases} x7 \\ x8 \\ x9 \end{cases} \end{cases}
$$

----

[1] Ay de la erudición de Herbert Quain, ay de la página 215 de un libro de 1897. Un interlocutor del *Político*, de Platón, ya había descrito una regresión parecida: la de los Hijos de la Tierra o Autóctonos que, sometidos al influjo de una rotación inversa del cosmos, pasaron de la vejez a la madurez, de la madurez a la niñez, de la niñez a la desaparición y la nada. También Teopompo, en su *Filípica*, habla de ciertas frutas

De esa estructura cabe repetir lo que declaró Schopenhauer de las doce categorías kantianas: todo lo sacrifica a un
furor simétrico. Previsiblemente, alguno de los nueve relatos es indigno de Quain; el mejor no es el que originaria-
mente ideó, el *x4;* es el de naturaleza fantástica, el *x9.* Otros
están afeados por bromas lánguidas y por seudoprecisiones
inútiles. Quienes los leen en orden cronológico (verbigracia: *x3, y1, ẓ*) pierden el sabor peculiar del extraño libro.
Dos relatos —el *x7,* el *x8*— carecen de valor individual; la
yuxtaposición les presta eficacia... No sé si debo recordar
que ya publicado *April March,* Quain se arrepintió del orden
ternario y predijo que los hombres que lo imitaran optarían
por el binario

$$z \begin{cases} y1 \begin{cases} x1 \\ x2 \end{cases} \\ \\ y2 \begin{cases} x3 \\ x4 \end{cases} \end{cases}$$

y los demiurgos y los dioses por el infinito: infinitas historias, infinitamente ramificadas.

Muy diversa, pero retrospectiva también, es la comedia

---

boreales que originan en quien las come, el mismo proceso retrógado...
Más interesante es imaginar una inversión del Tiempo: un estado en el
que recordáramos el porvenir e ignoráramos, o apenas presintiéramos,
el pasado. *Cf.* el canto décimo del *Infierno,* versos 97–102, donde se
comparan la visión profética y la presbicia.

heroica en dos actos *The Secret Mirror*. En las obras ya re-
señadas, la complejidad formal había entorpecido la imaginación del autor; aquí, su evolución es más libre. El primer
acto (el más extenso) ocurre en la casa de campo del general Thrale, C. I. E., cerca de Melton Mowbray. El invisible
centro de la trama es Miss Ulrica Thrale, la hija mayor del
general. A través de algún diálogo la entrevemos, amazona
y altiva, sospechamos que no suele visitar la literatura; los
periódicos anuncian su compromiso con el duque de Rut-
land; los periódicos desmienten el compromiso. La venera
un autor dramático, Wilfred Quarles; ella le ha deparado
alguna vez un distraído beso. Los personajes son de vasta
fortuna y de antigua sangre; los afectos, nobles aunque
vehementes; el diálogo parece vacilar entre la mera vani-
locuencia de Bulwer-Lytton y los epigramas de Wilde o
de Mr. Philip Guedalla. Hay un ruiseñor y una noche; hay
un duelo secreto en una terraza. (Casi del todo impercep-
tibles, hay alguna curiosa contradicción, hay pormenores
sórdidos.) Los personajes del primer acto reaparecen en el
segundo —con otros nombres. El «autor dramático» Wilfred Quarles es un comisionista de Liverpool; su verdadero nombre, John William Quigley. Miss Thrale existe;
Quigley nunca la ha visto, pero morbosamente colecciona
retratos suyos del *Tatler* o del *Sketch*. Quigley es autor del
primer acto. La inverosímil o improbable «casa de campo»
es la pensión judeo-irlandesa en que vive, trasfigurada y
magnificada por él... La trama de los actos es paralela, pero
en el segundo todo es ligeramente horrible, todo se posterga

o se frustra. Cuando *The Secret Mirror* se estrenó, la crítica pronunció los nombres de Freud y de Julián Green. La mención del primero me parece del todo injustificada.

La fama divulgó que *The Secret Mirror* era una comedia freudiana; esa interpretación propicia (y falaz) determinó su éxito. Desgraciadamente, ya Quain había cumplido los cuarenta años; estaba aclimatado en el fracaso y no se resignaba con dulzura a un cambio de régimen. Resolvió desquitarse. A fines de 1939 publicó *Statements:* acaso el más original de sus libros, sin duda el menos alabado y el más secreto. Quain solía argumentar que los lectores eran una especie ya extinta. *No hay europeo* (razonaba) *que no sea un escritor en potencia o en acto.* Afirmaba también que de las diversas felicidades que puede ministrar la literatura, la más alta era la invención. Ya que no todos son capaces de esa felicidad, muchos habrán de contentarse con simulacros. Para esos «imperfectos escritores», cuyo nombre es legión, Quain redactó los ocho relatos del libro *Statements.* Cada uno de ellos prefigura o promete un buen argumento, voluntariamente frustrado por el autor. Alguno —no el mejor— insinúa *dos* argumentos. El lector, distraído por la vanidad, cree haberlos inventado. Del tercero, *The Rose of Yesterday,* yo cometí la ingenuidad de extraer *Las ruinas circulares,* que es una de las narraciones del libro *El jardín de senderos que se bifurcan.*

1941

La Biblioteca de Babel

*By this art you may contemplate
the variation of the 23 letters...*
THE ANATOMY OF MELANCHOLY, PART. 2, SECT. II, MEM. IV.

El universo (que otros llaman la Biblioteca) se compone de un número indefinido, y tal vez infinito, de galerías hexagonales, con vastos pozos de ventilación en el medio, cercados por barandas bajísimas. Desde cualquier hexágono, se ven los pisos inferiores y superiores: interminablemente. La distribución de las galerías es invariable. Veinte anaqueles, a cinco largos anaqueles por lado, cubren todos los lados menos dos; su altura, que es la de los pisos, excede apenas la de un bibliotecario normal. Una de las caras libres da a un angosto zaguán, que desemboca en otra galería, idéntica a la primera y a todas. A izquierda y a derecha del zaguán hay dos gabinetes minúsculos. Uno permite dormir de pie; otro, satisfacer las necesidades finales. Por ahí pasa la escalera espiral, que se abisma y se eleva hacia lo remoto. En el zaguán hay un espejo, que fielmente duplica las apariencias. Los hombres suelen inferir de ese espejo que la Biblioteca no es infinita (si lo fuera realmente ¿a qué esa duplicación ilusoria?); yo prefiero soñar que las superficies bruñidas figuran y prometen el infinito... La luz procede de unas frutas esféricas que llevan el nombre de lámparas. Hay dos en cada hexágono: transversales. La luz que emiten es insuficiente, incesante.

Como todos los hombres de la Biblioteca, he viajado en mi juventud; he peregrinado en busca de un libro, acaso del catálogo de catálogos; ahora que mis ojos casi no pueden descifrar lo que escribo, me preparo a morir a unas pocas leguas del hexágono en que nací. Muerto, no faltarán manos piadosas que me tiren por la baranda; mi sepultura será el aire insondable: mi cuerpo se hundirá largamente y se corromperá y disolverá en el viento engendrado por la caída, que es infinita. Yo afirmo que la Biblioteca es interminable. Los idealistas arguyen que las salas hexagonales son una forma necesaria del espacio absoluto o, por lo menos, de nuestra intuición del espacio. Razonan que es inconcebible una sala triangular o pentagonal. (Los místicos pretenden que el éxtasis les revela una cámara circular con un gran libro circular de lomo continuo, que da toda la vuelta de las paredes; pero su testimonio es sospechoso; sus palabras, oscuras. Ese libro cíclico es Dios.) Básteme, por ahora, repetir el dictamen clásico: *La Biblioteca es una esfera cuyo centro cabal es cualquier hexágono, cuya circunferencia es inaccesible.*

A cada uno de los muros de cada hexágono corresponden cinco anaqueles; cada anaquel encierra treinta y dos libros de formato uniforme; cada libro es de cuatrocientas diez páginas; cada página, de cuarenta renglones, cada renglón, de unas ochenta letras de color negro. También hay letras en el dorso de cada libro; esas letras no indican o prefiguran lo que dirán las páginas. Sé que esa inconexión, alguna vez, pareció misteriosa. Antes de resumir la solución (cuyo descubrimiento, a pesar de sus trágicas proyecciones es quizá el hecho capital de la historia) quiero rememorar algunos axiomas.

El primero: La Biblioteca existe *ab aeterno*. De esa verdad cuyo corolario inmediato es la eternidad futura del mundo, ninguna mente razonable puede dudar. El hombre, el imperfecto bibliotecario, puede ser obra del azar o de los demiurgos malévolos; el universo, con su elegante dotación de anaqueles, de tomos enigmáticos, de infatigables escaleras para el viajero y de letrinas para el bibliotecario sentado, sólo puede ser obra de un dios. Para percibir la distancia que hay entre lo divino y lo humano, basta comparar estos rudos símbolos trémulos que mi falible mano garabatea en la tapa de un libro, con las letras orgánicas del interior: puntuales, delicadas, negrísimas, inimitablemente simétricas.

El segundo: *El número de símbolos ortográficos es veinti-*

cinco[1]. Esa comprobación permitió, hace trescientos años, formular una teoría general de la Biblioteca y resolver satisfactoriamente el problema que ninguna conjetura había descifrado: la naturaleza informe y caótica de casi todos los libros. Uno, que mi padre vio en un hexágono del circuito quince noventa y cuatro, constaba de las letras MCV perversamente repetidas desde el renglón primero hasta el último. Otro (muy consultado en esta zona) es un mero laberinto de letras, pero la página penúltima dice *Oh tiempo tus pirámides.* Ya se sabe: por una línea razonable o una recta noticia hay leguas de insensatas cacofonías, de fárragos verbales y de incoherencias. (Yo sé de una región cerril cuyos bibliotecarios repudian la supersticiosa y vana costumbre de buscar sentido en los libros y la equiparan a la de buscarlo en los sueños o en las líneas caóticas de la mano... Admiten que los inventores de la escritura imitaron los veinticinco símbolos naturales, pero sostienen que esa aplicación es casual y que los libros nada significan en sí. Ese dictamen, ya veremos, no es del todo falaz.)

Durante mucho tiempo se creyó que esos libros impenetrables correspondían a lenguas pretéritas o remotas. Es verdad que los hombres más antiguos, los primeros bibliotecarios, usaban un lenguaje asaz diferente del que hablamos

---

[1] El manuscrito original no contiene guarismos o mayúsculas. La puntuación ha sido limitada a la coma y al punto. Esos dos signos, el espacio y las veintidós letras del alfabeto son los veinticinco símbolos suficientes que enumera el desconocido. (*Nota del Editor.*)

ahora; es verdad que unas millas a la derecha la lengua es
dialectal y que noventa pisos más arriba, es incomprensible.
Todo eso, lo repito, es verdad, pero cuatrocientas diez páginas de inalterable M C V no pueden corresponder a ningún
idioma, por dialectal o rudimentario que sea. Algunos in-
sinuaron que cada letra podía influir en la subsiguiente y
que el valor de M C V en la tercera línea de la página 71 no
era el que puede tener la misma serie en otra posición de
otra página, pero esa vaga tesis no prosperó. Otros pensa-
ron en criptografías; universalmente esa conjetura ha sido
aceptada, aunque no en el sentido en que la formularon
sus inventores.

Hace quinientos años, el jefe de un hexágono superior[2]
dio con un libro tan confuso como los otros, pero que
tenía casi dos hojas de líneas homogéneas. Mostró su hallazgo a un descifrador ambulante, que le dijo que estaban
redactadas en portugués; otros le dijeron que en yiddish.
Antes de un siglo pudo establecerse el idioma: un dialecto
samoyedo-lituano del guaraní, con inflexiones de árabe
clásico. También se descifró el contenido: nociones de análisis combinatorio, ilustradas por ejemplos de variaciones
con repetición ilimitada. Esos ejemplos permitieron que un
bibliotecario de genio descubriera la ley fundamental de la

---

[2] Antes, por cada tres hexágonos había un hombre. El suicidio y las
enfermedades pulmonares han destruido esa proporción. Memoria de
indecible melancolía: a veces he viajado muchas noches por corredores
y escaleras pulidas sin hallar un solo bibliotecario.

Biblioteca. Este pensador observó que todos los libros, por diversos que sean, constan de elementos iguales: el espacio, el punto, la coma, las veintidós letras del alfabeto. También alegó un hecho que todos los viajeros han confirmado: *No hay, en la vasta Biblioteca, dos libros idénticos.* De esas premisas incontrovertibles dedujo que la Biblioteca es total y que sus anaqueles registran todas las posibles combinaciones de los veintitantos símbolos ortográficos (número, aunque vastísimo, no infinito) o sea todo lo que es dable expresar: en todos los idiomas. Todo: la historia minuciosa del porvenir, las autobiografías de los arcángeles, el catálogo fiel de la Biblioteca, miles y miles de catálogos falsos, la demostración de la falacia de esos catálogos, la demostración de la falacia del catálogo verdadero, el evangelio gnóstico de Basílides, el comentario de ese evangelio, el comentario del comentario de ese evangelio, la relación verídica de tu muerte, la versión de cada libro a todas las lenguas, las interpolaciones de cada libro en todos los libros, el tratado que Beda pudo escribir (y no escribió) sobre la mitología de los sajones, los libros perdidos de Tácito.

Cuando se proclamó que la Biblioteca abarcaba todos los libros, la primera impresión fue de extravagante felicidad. Todos los hombres se sintieron señores de un tesoro intacto y secreto. No había problema personal o mundial cuya elocuente solución no existiera: en algún hexágono. El universo estaba justificado, el universo bruscamente usurpó las dimensiones ilimitadas de la esperanza. En aquel tiempo se habló mucho de las Vindicaciones: libros de apología y de profecía, que para siempre vindicaban los actos de cada hombre del universo y guardaban arcanos prodigiosos para su porvenir. Miles de codiciosos abandonaron el dulce hexágono natal y se lanzaron escaleras arriba, urgidos por el vano propósito de encontrar su Vindicación. Esos peregrinos disputaban en los corredores estrechos, proferían oscuras maldiciones, se estrangulaban en las escaleras divinas, arrojaban los libros engañosos al fondo de los túneles, morían despeñados por los hombres de regiones remotas. Otros se enloquecieron... Las Vindicaciones existen (yo he visto dos que se refieren a personas del porvenir, a personas acaso no imaginarias) pero los buscadores no recordaban que la posibilidad de que un hombre encuentre la suya, o alguna pérfida variación de la suya, es computable en cero.

También se esperó entonces la aclaración de los misterios básicos de la humanidad: el origen de la Biblioteca y del tiempo. Es verosímil que esos graves misterios puedan explicarse en palabras: si no basta el lenguaje de los filósofos, la multiforme Biblioteca habrá producido el idioma inaudito que se requiere y los vocabularios y gramáticas de ese idioma. Hace ya cuatro siglos que los hombres fatigan los hexágonos... Hay buscadores oficiales, *inquisidores*. Yo los he visto en el desempeño de su función: llegan siempre rendidos; hablan de una escalera sin peldaños que casi los mató; hablan de galerías y de escaleras con el bibliotecario; alguna vez, toman el libro más cercano y lo hojean, en busca de palabras infames. Visiblemente, nadie espera descubrir nada.

A la desaforada esperanza, sucedió, como es natural, una depresión excesiva. La certidumbre de que algún anaquel en algún hexágono encerraba libros preciosos y de que esos libros preciosos eran inaccesibles, pareció casi intolerable. Una secta blasfema sugirió que cesaran las buscas y que todos los hombres barajaran letras y símbolos, hasta construir, mediante un improbable don del azar, esos libros canónicos. Las autoridades se vieron obligadas a promulgar órdenes severas. La secta desapareció, pero en mi niñez he visto hombres viejos que largamente se ocultaban en las letrinas, con unos discos de metal en un cubilete prohibido, y débilmente remedaban el divino desorden.

Otros, inversamente, creyeron que lo primordial era eliminar las obras inútiles. Invadían los hexágonos, exhibían credenciales no siempre falsas, hojeaban con fastidio un volumen y condenaban anaqueles enteros: a su furor higiénico, ascético, se debe la insensata perdición de millones de libros. Su nombre es execrado, pero quienes deploran los «tesoros» que su frenesí destruyó, negligen dos hechos notorios. Uno: la Biblioteca es tan enorme que toda reducción de origen humano resulta infinitesimal. Otro: cada ejemplar es único, irreemplazable, pero (como la Biblioteca es total) hay siempre varios centenares de miles de facsímiles imperfectos: de obras que no difieren sino por una letra o por una coma. Contra la opinión general, me atrevo a suponer que las consecuencias de las depredaciones cometidas por los Purificadores, han sido exageradas por el horror que esos fanáticos provocaron. Los urgía el delirio de conquistar los libros del Hexágono Carmesí: libros de formato menor que los naturales; omnipotentes, ilustrados y mágicos.

También sabemos de otra superstición de aquel tiempo: la del Hombre del Libro. En algún anaquel de algún hexágono (razonaron los hombres) debe existir un libro que sea la cifra y el compendio perfecto *de todos los demás:* algún bibliotecario lo ha recorrido y es análogo a un dios. En el lenguaje de esta zona persisten aún vestigios del culto de ese funcionario remoto. Muchos peregrinaron en busca de Él. Durante un siglo fatigaron en vano los más diversos rumbos. ¿Cómo localizar el venerado hexágono secreto que lo hospedaba? Alguien propuso un método regresivo: Para localizar el libro A, consultar previamente un libro B que indique el sitio de A; para localizar el libro B, consultar previamente un libro C, y así hasta lo infinito... En aventuras de ésas, he prodigado y consumado mis años. No me parece inverosímil que en algún anaquel del universo haya un libro total[3]; ruego a los dioses ignorados que un hombre —¡uno solo, aunque sea, hace miles de años!— lo haya examinado y leído. Si el honor y la sabiduría y la felicidad no son para mí, que sean para otros. Que el cielo exista, aunque mi lugar sea el infierno. Que yo sea ultrajado y aniquilado, pero que en un instante, en un ser, Tu enorme Biblioteca se justifique.

---

[3] Lo repito: basta que un libro sea posible para que exista. Sólo está excluido lo imposible. Por ejemplo, ningún libro es también una escalera, aunque sin duda hay libros que discuten y niegan y demuestran esa posibilidad y otros cuya estructura corresponde a la de una escalera.

Afirman los impíos que el disparate es normal en la Biblioteca y que lo razonable (y aun la humilde y pura coherencia) es una casi milagrosa excepción. Hablan (lo sé) de «la Biblioteca febril, cuyos azarosos volúmenes corren el incesante albur de cambiarse en otros y que todo lo afirman, lo niegan y lo confunden como una divinidad que delira». Esas palabras, que no sólo denuncian el desorden sino que lo ejemplifican también, notoriamente prueban su gusto pésimo y su desesperada ignorancia. En efecto, la Biblioteca incluye todas las estructuras verbales, todas las variaciones que permiten los veinticinco símbolos ortográficos, pero no un solo disparate absoluto. Inútil observar que el mejor volumen de los muchos hexágonos que administro se titula *Trueno peinado*, y otro *El calambre de yeso* y otro *Axaxaxas mlö*. Esas proposiciones, a primera vista incoherentes, sin duda son capaces de una justificación criptográfica o alegórica; esa justificación es verbal y, *ex hypothesi*, ya figura en la Biblioteca. No puedo combinar unos caracteres

dhcmrlchtdj

que la divina Biblioteca no haya previsto y que en alguna de sus lenguas secretas no encierren un terrible sentido. Nadie puede articular una sílaba que no esté llena de ternuras y de temores; que no sea en alguno de esos lenguajes el nombre poderoso de un dios. Hablar es incurrir en tautologías. Esta epístola inútil y palabrera ya existe en uno de los treinta volúmenes de los cinco anaqueles de uno de los incontables hexágonos—y también su refutación. (Un número *n* de lenguajes posibles usa el mismo vocabulario; en algunos, el símbolo *biblioteca* admite la correcta definición *ubicuo y perdurable sistema de galerías hexagonales*, pero *biblioteca* es *pan* o *pirámide* o cualquier otra cosa, y las siete palabras que la definen tienen otro valor. Tú, que me lees, ¿estás seguro de entender mi lenguaje?)

La escritura metódica me distrae de la presente condición de los hombres. La certidumbre de que todo está escrito nos anula o nos afantasma. Yo conozco distritos en que los jóvenes se prosternan ante los libros y besan con barbarie las páginas pero no saben descifrar una sola letra. Las epidemias, las discordias heréticas, las peregrinaciones que inevitablemente degeneran en bandolerismo, han diezmado la población. Creo haber mencionado los suicidios, cada año más frecuentes. Quizá me engañen la vejez y el temor, pero sospecho que la especie humana —la única— está por extinguirse y que la Biblioteca perdurará: iluminada, solitaria, infinita, perfectamente inmóvil, armada de volúmenes preciosos, inútil, incorruptible, secreta.

Acabo de escribir *infinita*. No he interpolado ese adjetivo por una costumbre retórica; digo que no es ilógico pensar que el mundo es infinito. Quienes lo juzgan limitado, postulan que en lugares remotos los corredores y escaleras y hexágonos pueden inconcebiblemente cesar —lo cual es absurdo. Quienes lo imaginan sin límites, olvidan que los tiene el número posible de libros. Yo me atrevo a insinuar esta solución del antiguo problema: *La Biblioteca es ilimi-*

tada y periódica. Si un eterno viajero la atravesara en cualquier dirección, comprobaría al cabo de los siglos que los mismos volúmenes se repiten en el mismo desorden (que, repetido, sería un orden: el Orden). Mi soledad se alegra con esa elegante esperanza[4].

Mar del Plata, 1941

_____

[4] Letizia Álvarez de Toledo ha observado que la vasta Biblioteca es inútil; en rigor, bastaría *un solo volumem*, de formato común, impreso en cuerpo nueve o en cuerpo diez, que constara de un número infinito de hojas infinitamente delgadas. (Cavalieri a principios del siglo xvii, dijo que todo cuerpo sólido es la superposición de un número infinito de planos.) El manejo de ese *vademecum* sedoso no sería cómodo: cada hoja aparente se desdoblaría en otras análogas; la inconcebible hoja central no tendría revés.

El jardín de senderos que se bifurcan

A Victoria Ocampo

En la página 242 de la *Historia de la Guerra Europea*, de Liddell Hart, se lee que una ofensiva de trece divisiones británicas (apoyadas por mil cuatrocientas piezas de artillería) contra la línea Serre-Montauban había sido planeada para el veinticuatro de julio de 1916 y debió postergarse hasta la mañana del día veintinueve. Las lluvias torrenciales (anota el capitán Liddell Hart) provocaron esa demora —nada significativa, por cierto. La siguiente declaración, dictada, releída y firmada por el doctor Yu Tsun, antiguo catedrático de inglés en la *Hochschule* de Tsingtao, arroja una insospechada luz sobre el caso. Faltan las dos páginas iniciales.

«...y colgué el tubo. Inmediatamente después, reconocí

la voz que había contestado en alemán. Era la del capitán
Richard Madden. Madden, en el departamento de Viktor
Runeberg, quería decir el fin de nuestros afanes y —pero
eso parecía muy secundario, o *debía parecérmelo*— también
de nuestras vidas. Quería decir que Runeberg había sido
arrestado, o asesinado[1]. Antes que declinara el sol de ese
día, yo correría la misma suerte. Madden era implacable.
Mejor dicho, estaba obligado a ser implacable. Irlandés a las
órdenes de Inglaterra, hombre acusado de tibieza y tal vez
de traición ¿cómo no iba a abrazar y agradecer este mila-
groso favor: el descubrimiento, la captura, quizá la muerte,
de dos agentes del Imperio Alemán? Subí a mi cuarto; absurdamente cerré la puerta con llave y me tiré de espaldas en
la estrecha cama de hierro. En la ventana estaban los tejados
de siempre y el sol nublado de las seis. Me pareció increíble que ese día sin premoniciones ni símbolos fuera el de
mi muerte implacable. A pesar de mi padre muerto, a pesar
de haber sido un niño en un simétrico jardín de Hai Feng
¿yo, ahora, iba a morir? Después reflexioné que todas las
cosas le suceden a uno precisamente, precisamente ahora.
Siglos de siglos y sólo en el presente ocurren los hechos;
innumerables hombres en el aire, en la tierra y el mar, y
todo lo que realmente pasa me pasa a mí... El casi intolerable
recuerdo del rostro acaballado de Madden abolió esas diva-

---

[1] Hipótesis odiosa y estrafalaria. El espía prusiano Hans Rabener alias
Viktor Runeberg agredió con una pistola automática al portador de la
orden de arresto, capitán Richard Madden. Éste, en defensa propia, le
causó heridas que determinaron su muerte. (*Nota del Editor.*)

gaciones. En mitad de mi odio y de mi terror (ahora no me importa hablar de terror: ahora que he burlado a Richard Madden, ahora que mi garganta anhela la cuerda) pensé que ese guerrero tumultuoso y sin duda feliz no sospechaba que yo poseía el Secreto. El nombre del preciso lugar del nuevo parque de artillería británico sobre el Ancre. Un pájaro rayó el cielo gris y ciegamente lo traduje en un aeroplano y a ese aeroplano en muchos (en el cielo francés) aniquilando el parque de artillería con bombas verticales. Si mi boca, antes que la deshiciera un balazo, pudiera gritar ese nombre de modo que lo oyeran en Alemania... Mi voz humana era muy pobre. ¿Cómo hacerla llegar al oído del Jefe? Al oído de aquel hombre enfermo y odioso, que no sabía de Runeberg y de mí sino que estábamos en Staffordshire y que en vano esperaba noticias nuestras en su árida oficina de Berlín, examinando infinitamente periódicos... Dije en voz alta: *Debo huir.* Me incorporé sin ruido, en una inútil perfección de silencio, como si Madden ya estuviera acechándome. Algo —tal vez la mera ostentación de probar que mis recursos eran nulos— me hizo revisar mis bolsillos. Encontré lo que sabía que iba a encontrar. El reloj norteamericano, la cadena de níquel y la moneda cuadrangular, el llavero con las comprometedoras llaves inútiles del departamento de Runeberg, la libreta, una carta que resolví destruir inmediatamente (y que no destruí), el falso pasaporte, una corona, dos chelines y unos peniques, el lápiz rojo-azul, el pañuelo, el revólver con una bala. Absurdamente lo empuñé y sopesé para darme valor. Vagamente pensé que un pistoletazo puede oírse muy lejos. En diez minutos mi plan estaba maduro. La guía telefónica me dio el nombre de la única persona capaz de transmitir la noticia: vivía en un suburbio de Fenton, a menos de media hora de tren.

Soy un hombre cobarde. Ahora lo digo, ahora que he llevado a término un plan que nadie no calificará de arriesgado. Yo sé que fue terrible su ejecución. No lo hice por Alemania, no. Nada me importa un país bárbaro, que me ha obligado a la abyección de ser un espía. Además, yo sé de un hombre de Inglaterra —un hombre modesto— que para mí no es menos que Goethe. Arriba de una hora no hablé con él, pero durante una hora fue Goethe... Lo hice, porque yo sentía que el Jefe temía un poco a los de mi raza —a los innumerables antepasados que confluyen en mí. Yo quería probarle que un amarillo podía salvar a sus ejércitos. Además, yo debía huir del capitán. Sus manos y su voz podían golpear en cualquier momento a mi puerta. Me vestí sin ruido, me dije adiós en el espejo, bajé, escudriñé la calle tranquila y salí. La estación no distaba mucho de casa, pero juzgué preferible tomar un coche. Argüí que así corría menos peligro de ser reconocido; el hecho es que en la calle desierta me sentía visible y vulnerable, infinitamente. Recuerdo que le dije al cochero que se detuviera un poco antes de la entrada central. Bajé con lentitud voluntaria y casi penosa; iba a la aldea de Ashgrove, pero saqué un pasaje para una estación más lejana. El tren salía dentro de muy pocos minutos, a las ocho y cincuenta. Me apresuré; el próximo saldría a las nueve y media. No había casi nadie en el andén. Recorrí los coches: recuerdo unos labradores, una enlutada, un joven que leía con fervor los *Anales* de Tácito, un soldado herido y feliz. Los coches arrancaron al fin. Un hombre que reconocí corrió en vano hasta el límite del andén. Era el capitán Richard Madden. Aniquilado, trémulo, me encogí en la otra punta del sillón lejos del temido cristal.

De esa aniquilación pasé a una felicidad casi abyecta. Me dije que ya estaba empeñado mi duelo y que yo había ganado el primer asalto, al burlar, siquiera por cuarenta minutos, siquiera por un favor del azar, el ataque de mi adversario. Argüí que esa victoria mínima prefiguraba la victoria total. Argüí que no era mínima, ya que sin esa diferencia preciosa que el horario de trenes me deparaba, yo estaría en la cárcel, o muerto. Argüí (no menos sofísticamente) que mi felicidad cobarde probaba que yo era hombre capaz de llevar a buen término la aventura. De esa debilidad saqué fuerzas que no me abandonaron. Preveo que el hombre se resignará cada día a empresas más atroces; pronto no habrá sino guerreros y bandoleros; les doy este consejo: *El ejecutor de una empresa atroz debe imaginar que ya la ha cumplido, debe imponerse un porvenir que sea irrevocable como el pasado.* Así procedí yo, mientras mis ojos de hombre ya muerto registraban la fluencia de aquel día que era tal vez el último, y la difusión de la noche. El tren corría con dulzura, entre fresnos. Se detuvo, casi en medio del campo. Nadie gritó el nombre de la estación. *¿Ashgrove?*, les pregunté a unos chicos en el andén. *Ashgrove*, contestaron. Bajé.

Una lámpara ilustraba el andén, pero las caras de los

niños quedaban en la zona de sombra. Uno me interrogó: *¿Usted va a casa del doctor Stephen Albert?* Sin aguardar contestación, otro dijo: *La casa queda lejos de aquí, pero usted no se perderá si toma ese camino a la izquierda y en cada encrucijada del camino dobla a la izquierda.* Les arrojé una moneda (la última), bajé unos escalones de piedra y entré en el solitario camino. Éste, lentamente, bajaba. Era de tierra elemental, arriba se confundían las ramas, la luna baja y circular parecía acompañarme.

Por un instante, pensé que Richard Madden había penetrado de algún modo mi desesperado propósito. Muy pronto comprendí que eso era imposible. El consejo de siempre doblar a la izquierda me recordó que tal era el procedimiento común para descubrir el patio central de ciertos laberintos. Algo entiendo de laberintos; no en vano soy bisnieto de aquel Ts'ui Pên, que fue gobernador de Yunnan y que renunció al poder temporal para escribir una novela que fuera todavía más populosa que el *Hung Lu Meng* y para edificar un laberinto en el que se perdieran todos los hombres. Trece años dedicó a esas heterogéneas fatigas, pero la mano de un forastero lo asesinó y su novela era insensata y nadie encontró el laberinto. Bajo los árboles ingleses medité en ese laberinto perdido: lo imaginé inviolado y perfecto en la cumbre secreta de una montaña, lo imaginé borrado por arrozales o debajo del agua, lo imaginé infinito, no ya de quioscos ochavados y de sendas que vuelven, sino de ríos y provincias y reinos... Pensé en un laberinto de laberintos, en un sinuoso laberinto creciente que abarcara el pasado y el porvenir y que implicara de algún modo los astros. Absorto en esas ilusorias imágenes, olvidé mi destino de perseguido. Me sentí, por un tiempo indeterminado, percibidor abstracto del mundo. El vago y vivo campo, la luna, los restos de la tarde, obraron en mí; asimismo el declive que eliminaba cualquier posibilidad de cansancio. La tarde era íntima, infinita. El camino bajaba y se bifurcaba, entre las ya confusas praderas. Una música aguda y como silábica se aproximaba y se alejaba en el vaivén del viento, empañada de hojas y de distancia. Pensé que un hombre puede ser enemigo de otros hombres, de otros momentos de otros hombres, pero no de un país; no de luciérnagas, palabras, jardines, cursos de agua, ponientes. Llegué, así, a un alto portón herrumbrado. Entre las rejas descifré una alameda y una especie de pabellón. Comprendí, de pronto, dos cosas, la primera trivial, la segunda casi increíble: la música venía del pabellón, la música era china. Por eso, yo la había aceptado con plenitud, sin prestarle atención. No recuerdo si había una campana o un timbre o si llamé golpeando las manos. El chisporroteo de la música prosiguió.

Pero del fondo de la íntima casa un farol se acercaba: un farol que rayaban y a ratos anulaban los troncos, un farol de papel, que tenía la forma de los tambores y el color de la luna. Lo traía un hombre alto. No vi su rostro, porque me cegaba la luz. Abrió el portón y dijo lentamente en mi idioma:

—Veo que el piadoso Hsi P'êng se empeña en corregir mi soledad. ¿Usted sin duda querrá ver el jardín?

Reconocí el nombre de uno de nuestros cónsules y repetí desconcertado:

—¿El jardín?

—El jardín de senderos que se bifurcan.

Algo se agitó en mi recuerdo y pronuncié con incomprensible seguridad:

—El jardín de mi antepasado Ts'ui Pên.

—¿Su antepasado? ¿Su ilustre antepasado? Adelante.

El húmedo sendero zigzagueaba como los de mi infancia. Llegamos a una biblioteca de libros orientales y occidentales. Reconocí, encuadernados en seda amarilla, algunos tomos manuscritos de la Enciclopedia Perdida que dirigió el Tercer Emperador de la Dinastía Luminosa y que no se dio nunca a la imprenta. El disco del gramófono giraba junto a un fénix de bronce. Recuerdo también un jarrón de la familia rosa y otro, anterior de muchos siglos, de ese color azul que nuestros artífices copiaron de los alfareros de Persia...

Stephen Albert me observaba, sonriente. Era (ya lo dije) muy alto, de rasgos afilados, de ojos grises y barba gris. Algo de sacerdote había en él y también de marino; después me refirió que había sido misionero en Tientsin "antes de aspirar a sinólogo".

Nos sentamos; yo en un largo y bajo diván; él de espaldas a la ventana y a un alto reloj circular. Computé que antes de una hora no llegaría mi perseguidor, Richard Madden. Mi determinación irrevocable podía esperar.

—Asombroso destino el de Ts'ui Pên —dijo Stephen Albert—. Gobernador de su provincia natal, docto en as-

tronomía, en astrología y en la interpretación infatigable de
los libros canónicos, ajedrecista, famoso poeta y calígrafo:
todo lo abandonó para componer un libro y un laberinto.
Renunció a los placeres de la opresión, de la justicia, del nu-
meroso lecho, de los banquetes y aun de la erudición y se
enclaustró durante trece años en el Pabellón de la Límpida
Soledad. A su muerte, los herederos no encotraron sino manuscritos caóticos. La familia, como usted acaso no ignora,
quiso adjudicarlos al fuego; pero su albacea —un monje
taoísta o budista— insistió en la publicación.

—Los de la sangre de Ts'ui Pên —repliqué— seguimos
execrando a ese monje. Esa publicación fue insensata. El
libro es un acervo indeciso de borradores contradictorios.
Lo he examinado alguna vez: en el tercer capítulo muere el
héroe, en el cuarto está vivo. En cuanto a la otra empresa de
Ts'ui Pên, a su Laberinto...

—Aquí está el Laberinto —dijo indicándome un alto escritorio laqueado.

—¡Un laberinto de marfil! —exclamé—. Un laberinto
mínimo...

—Un laberinto de símbolos —corrigió—. Un invisible
laberinto de tiempo. A mí, bárbaro inglés, me ha sido deparado revelar ese misterio diáfano. Al cabo de más de cien
años, los pormenores son irrecuperables, pero no es difícil
conjeturar lo que sucedió. Ts'ui Pên diría una vez: *Me retiro
a escribir un libro*. Y otra: *Me retiro a construir un laberinto*.
Todos imaginaron dos obras; nadie pensó que libro y laberinto eran un solo objeto. El Pabellón de la Límpida So-

ledad se erguía en el centro de un jardín tal vez intrincado; el hecho puede haber sugerido a los hombres un laberinto físico. Ts'ui Pên murió; nadie, en las dilatadas tierras que fueron suyas, dio con el laberinto; la confusión de la novela me sugirió que ése era el laberinto. Dos circunstancias me dieron la recta solución del problema. Una: la curiosa leyenda de que Ts'ui Pên se había propuesto un laberinto que fuera estrictamente infinito. Otra: un fragmento de una carta que descubrí.

Albert se levantó. Me dio, por unos instantes, la espalda; abrió un cajón del áureo y renegrido escritorio. Volvió con un papel antes carmesí; ahora rosado y tenue y cuadriculado. Era justo el renombre caligráfico de Ts'ui Pên. Leí con incomprensión y fervor estas palabras que con minucioso pincel redactó un hombre de mi sangre: *Dejo a los varios porvenires (no a todos) mi jardín de senderos que se bifurcan.* Devolví en silencio la hoja. Albert prosiguió:

—Antes de exhumar esta carta, yo me había preguntado de qué manera un libro puede ser infinito. No conjeturé otro procedimiento que el de un volumen cíclico, circular. Un volumen cuya última página fuera idéntica a la primera, con posibilidad de continuar indefinidamente. Recordé también esa noche que está en el centro de las 1001 Noches, cuando la reina Shahrazad (por una mágica distracción del copista) se pone a referir textualmente la historia de las 1001 Noches, con riesgo de llegar otra vez a la noche en que la refiere, y así hasta lo infinito. Imaginé también una obra platónica, hereditaria, trasmitida de padre a hijo, en la que cada nuevo individuo agregara un capítulo o corrigiera con piadoso cuidado la página de los mayores. Esas conjeturas me distrajeron; pero ninguna parecía corresponder, siquiera de un modo remoto, a los contradictorios capítulos de Ts'ui Pên. En esa perplejidad, me remitieron de Oxford el manuscrito que usted ha examinado. Me detuve, como es natural, en la frase: *Dejo a los varios porvenires (no a todos) mi jardín de senderos que se bifurcan*. Casi en el acto comprendí; *el jardín de senderos que se bifurcan* era la novela caótica; la frase *varios porvenires (no a todos)* me sugirió la imagen de la bifurcación en el tiempo, no en el espacio. La relectura general de la obra confirmó esa teoría. En todas las ficciones, cada vez que un hombre se enfrenta con diversas alternativas, opta por una y elimina las otras; en la del casi inextricable Ts'ui Pên, opta —simultáneamente— por todas. *Crea*, así, diversos porvenires, diversos tiempos, que también proliferan y se bifurcan. De ahí las contradicciones de la novela. Fang, digamos, tiene un secreto; un desconocido llama a su puerta; Fang resuelve matarlo. Naturalmente, hay varios desenlaces posibles: Fang puede matar al intruso, el intruso puede matar a Fang, ambos pueden salvarse, ambos pueden morir, etcétera. En la obra de Ts'ui Pên, todos los desenlaces ocurren; cada uno es el punto de partida de otras bifurcaciones. Alguna vez, los senderos de ese laberinto convergen; por ejemplo, usted llega a esta casa, pero en uno de los pasados posibles usted es mi enemigo, en otro mi amigo. Si se resigna usted a mi pronunciación incurable, leeremos unas páginas.

Su rostro, en el vívido círculo de la lámpara, era sin duda el de un anciano, pero con algo inquebrantable y aun inmortal. Leyó con lenta precisión dos redacciones de un mismo capítulo épico. En la primera, un ejército marcha hacia una batalla a través de una montaña desierta; el horror de las piedras y de la sombra le hace menospreciar la vida y logra con facilidad la victoria; en la segunda, el mismo ejército atraviesa un palacio en el que hay una fiesta; la resplandeciente batalla les parece una continuación de la fiesta y logran la victoria. Yo oía con decente veneración esas viejas ficciones, acaso menos admirables que el hecho de que las hubiera ideado mi sangre y de que un hombre de un imperio remoto me las restituyera, en el curso de una desesperada aventura, en una isla occidental. Recuerdo las palabras finales, repetidas en cada redacción como un mandamiento secreto: *Así combatieron los héroes, tranquilo el admirable corazón, violenta la espada, resignados a matar y a morir.*

Desde ese instante, sentí a mi alrededor y en mi oscuro cuerpo una invisible, intangible pululación. No la pululación de los divergentes, paralelos y finalmente coalescentes ejércitos, sino una agitación más inaccesible, más íntima y que ellos de algún modo prefiguraban. Stephen Albert prosiguió:

—No creo que su ilustre antepasado jugara ociosamente a las variaciones. No juzgo verosímil que sacrificara trece años a la infinita ejecución de un experimento retórico. En su país, la novela es un género subalterno; en aquel tiempo era un género despreciable. Ts'ui Pên fue un novelista genial, pero también fue un hombre de letras que sin duda no se consideró un mero novelista. El testimonio de sus contemporáneos proclama —y harto lo confirma su vida— sus aficiones metafísicas, místicas. La controversia filosófica usurpa buena parte de su novela. Sé que de todos los problemas, ninguno lo inquietó y lo trabajó como el abismal problema del tiempo. Ahora bien, ése es el *único* problema que no figura en las páginas del *Jardín*. Ni siquiera usa la palabra que quiere decir *tiempo*. ¿Cómo se explica usted esa voluntaria omisión?

Propuse varias soluciones; todas, insuficientes. Las discutimos; al fin, Stephen Albert me dijo:

—En una adivinanza cuyo tema es el ajedrez, ¿cuál es la única palabra prohibida? Reflexioné un momento y repuse:

—La palabra *ajedrez*.

—Precisamente —dijo Albert—. *El jardín de senderos que se bifurcan* es una enorme adivinanza, o parábola, cuyo tema es el tiempo; esa causa recóndita le prohíbe la mención de su nombre. Omitir *siempre* una palabra, recurrir a metáforas ineptas y a perífrasis evidentes, es quizá el modo más enfático de indicarla. Es el modo tortuoso que prefirió, en cada uno de los meandros de su infatigable novela, el oblicuo Ts'ui Pên. He confrontado centenares de manuscritos, he corregido los errores que la negligencia de los copistas ha introducido, he conjeturado el plan de ese caos, he restablecido, he creído restablecer el orden primordial, he traducido la obra entera: me consta que no emplea una sola vez la palabra *tiempo*. La explicación es obvia: *El jardín de senderos que se bifurcan* es una imagen incompleta, pero no falsa, del universo tal como lo concebía Ts'ui Pên. A diferencia de Newton y de Schopenhauer, su antepasado no creía en un tiempo uniforme, absoluto. Creía en infinitas series de tiempos, en una red creciente y vertiginosa de tiempos divergentes, convergentes y paralelos. Esa trama de tiempos que se aproximan, se bifurcan, se cortan o que secularmente se ignoran, abarca *todas* las posibilidades. No existimos en la mayoría de esos tiempos; en algunos existe usted y no yo; en otros, yo, no usted; en otros, los dos. En éste, que un favorable azar me depara, usted ha llegado a mi casa; en otro, usted, al atravesar el jardín, me ha encontrado muerto; en otro, yo digo estas mismas palabras, pero soy un error, un fantasma.

—En todos —articulé no sin un temblor— yo agradezco y venero su recreación del jardín de Ts'ui Pên.

—No en todos —murmuró con una sonrisa—. El tiempo se bifurca perpetuamente hacia innumerables futuros. En uno de ellos soy su enemigo.

Volví a sentir esa pululación de que hablé. Me pareció que el húmedo jardín que rodeaba la casa estaba saturado hasta lo infinito de invisibles personas. Esas personas eran Albert y yo, secretos, atareados y multiformes en otras dimensiones de tiempo. Alcé los ojos y la tenue pesadilla se disipó. En el amarillo y negro jardín había un solo hombre; pero ese hombre era fuerte como una estatua, pero ese hombre avanzaba por el sendero y era el capitán Richard Madden.

—El porvenir ya existe —respondí—, pero yo soy su amigo. ¿Puedo examinar de nuevo la carta?

Albert se levantó. Alto, abrió el cajón del alto escritorio; me dio por un momento la espalda. Yo había preparado el revólver. Disparé con sumo cuidado: Albert se desplomó sin una queja, inmediatamente. Yo juro que su muerte fue instantánea: una fulminación.

Lo demás es irreal, insignificante. Madden irrumpió, me arrestó. He sido condenado a la horca. Abominablemente he vencido: he comunicado a Berlín el secreto nombre de la ciudad que deben atacar. Ayer la bombardearon; lo leí en los mismos periódicos que propusieron a Inglaterra el enigma de que el sabio sinólogo Stephen Albert muriera asesinado por un desconocido, Yu Tsun. El Jefe ha descifrado ese enigma. Sabe que mi problema era indicar (a través del estrépito de la guerra) la ciudad que se llama Albert y que no hallé otro medio que matar a una persona de ese nombre. No sabe (nadie puede saber) mi innumerable contrición y cansancio.»

Artificios
(1944)

Prólogo

Aunque de ejecución menos torpe, las piezas de este libro no difieren de las que forman el anterior. Dos, acaso, permiten una mención detenida: La muerte y la brújula, Funes el memorioso. *La segunda es una larga metáfora del insomnio. La primera, pese a los nombres alemanes o escandinavos, ocurre en un Buenos Aires de sueños: la torcida Rue de Toulon es el Paseo de Julio; Triste-le-Roy, el hotel donde Herbert Ashe recibió, y tal vez no leyó, el tomo undécimo de una enciclopedia ilusoria. Ya redactada esa ficción, he pensado en la conveniencia de amplificar el tiempo y el espacio que abarca: la venganza podría ser heredada; los plazos podrían computarse por años, tal vez por siglos; la primera letra del Nombre podría articularse en Islandia; la segunda, en México; la tercera, en el Indostán. ¿Agregaré que los Hasidim incluyeron santos y que el sacrificio de cuatro vidas*

*para obtener las cuatro letras que imponen el Nombre es una fan-
tasía que me dictó la forma de mi cuento?*

Buenos Aires, 29 de agosto de 1944

Posdata de 1956.—Tres cuentos he agregado a la serie: El Sur,
La secta del Fénix, El fin. *Fuera de un personaje —Recabarren— cuya inmovilidad y pasividad sirven de contraste, nada
o casi nada es invención mía en el decurso breve del último; todo
lo que hay en él está implícito en un libro famoso y yo he sido el
primero en desentrañarlo o, por lo menos, en declararlo. En la
alegoría del Fénix me impuse el problema de sugerir un hecho
común —el Secreto— de una manera vacilante y gradual que
resultara, al fin, inequívoca; no sé hasta dónde la fortuna me ha
acompañado. De* El Sur, *que es acaso mi mejor cuento, básteme
prevenir que es posible leerlo como directa narración de hechos
novelescos y también de otro modo.*

*Schopenhauer, De Quincey, Stevenson, Mauthner, Shaw,
Chesterton, Léon Bloy, forman el censo heterogéneo de los autores que continuamente releo. En la fantasía cristológica titu-
lada* Tres versiones de Judas, *creo percibir el remoto influjo
del último.*

J. L. B.

Funes el memorioso

Lo recuerdo (yo no tengo derecho a pronunciar ese verbo sagrado, sólo un hombre en la tierra tuvo derecho y ese hombre ha muerto) con una oscura pasionaria en la mano, viéndola como nadie la ha visto, aunque la mirara desde el crepúsculo del día hasta el de la noche, toda una vida entera. Lo recuerdo, la cara taciturna y aindiada y singularmente *remota*, detrás del cigarrillo. Recuerdo (creo) sus manos afiladas de trenzador. Recuerdo cerca de esas manos un mate con las armas de la Banda Oriental; recuerdo en la ventana de la casa una estera amarilla, con un vago paisaje lacustre. Recuerdo claramente su voz; la voz pausada, resentida y nasal del orillero antiguo, sin los silbidos italianos de ahora. Más de tres veces no lo vi; la última, en 1887... Me parece muy feliz el proyecto de que todos aquellos que lo trataron escriban sobre él; mi testimonio será acaso el más breve y sin duda el más pobre, pero no el menos imparcial del volumen

que editarán ustedes. Mi deplorable condición de argentino
me impedirá incurrir en el ditirambo —género obligatorio
en el Uruguay—, cuando el tema es un uruguayo. *Literato,
cajetilla, porteño;* Funes no dijo esas injuriosas palabras,
pero de un modo suficiente me consta que yo representaba
para él esas desventuras. Pedro Leandro Ipuche ha escrito
que Funes era un precursor de los superhombres, «un Zara-
thustra cimarrón y vernáculo»; no lo discuto, pero no hay
que olvidar que era también un compadrito de Fray Bentos,
con ciertas incurables limitaciones.

Mi primer recuerdo de Funes es muy perspicuo. Lo
veo en un atardecer de marzo o febrero del año ochenta y
cuatro. Mi padre, ese año, me había llevado a veranear a
Fray Bentos. Yo volvía con mi primo Bernardo Haedo de la
estancia de San Francisco. Volvíamos cantando, a caballo,
y ésa no era la única circunstancia de mi felicidad. Después
de un día bochornoso, una enorme tormenta color pizarra
había escondido el cielo. La alentaba el viento del Sur, ya se
enloquecían los árboles; yo tenía el temor (la esperanza) de
que nos sorprendiera en un descampado el agua elemental.
Corrimos una especie de carrera con la tormenta. Entramos
en un callejón que se ahondaba entre dos veredas altísimas
de ladrillo. Había oscurecido de golpe; oí rápidos y casi secretos pasos en lo alto; alcé los ojos y vi un muchacho que
corría por la estrecha y rota vereda como por una estrecha y
rota pared. Recuerdo la bombacha, las alpargatas, recuerdo
el cigarrillo en el duro rostro, contra el nubarrón ya sin límites. Bernardo le gritó imprevisiblemente: *¿Qué horas son,*

Ireneo? Sin consultar el cielo, sin detenerse, el otro respondió: *Faltan cuatro minutos para las ocho, joven Bernardo Juan Francisco.* La voz era aguda, burlona.

Yo soy tan distraído que el diálogo que acabo de referir no me hubiera llamado la atención si no lo hubiera recalcado mi primo, a quien estimulaban (creo) cierto orgullo local, y el deseo de mostrarse indiferente a la réplica tripartita del otro.

Me dijo que el muchacho del callejón era un tal Ireneo Funes, mentado por algunas rarezas como la de no darse con nadie y la de saber siempre la hora, como un reloj. Agregó que era hijo de una planchadora del pueblo, María Clementina Funes, y que algunos decían que su padre era un médico del saladero, un inglés O'Connor, y otros un domador o rastreador del departamento del Salto. Vivía con su madre, a la vuelta de la quinta de los Laureles.

Los años ochenta y cinco y ochenta y seis veraneamos en la ciudad de Montevideo. El ochenta y siete volví a Fray Bentos. Pregunté, como es natural, por todos los conocidos y, finalmente, por el «cronométrico Funes». Me contestaron que lo había volteado un redomón en la estancia de San Francisco, y que había quedado tullido, sin esperanza. Recuerdo la impresión de incómoda magia que la noticia me produjo: la única vez que yo lo vi, veníamos a caballo de San Francisco y él andaba en un lugar alto; el hecho, en boca de mi primo Bernardo, tenía mucho de sueño elaborado con elementos anteriores. Me dijeron que no se movía del catre, puestos los ojos en la higuera del fondo o en una telaraña. En los atardeceres, permitía que lo sacaran a la ventana. Llevaba la soberbia hasta el punto de simular que era benéfico el golpe que lo había fulminado... Dos veces lo vi atrás de la reja, que burdamente recalcaba su condición de eterno prisionero: una, inmóvil, con los ojos cerrados; otra, inmóvil también, absorto en la contemplación de un oloroso gajo de santonina.

No sin alguna vanagloria yo había iniciado en aquel tiempo el estudio metódico del latín. Mi valija incluía el *De viris illustribus* de Lhomond, el *Thesaurus* de Quicherat, los comentarios de Julio César y un volumen impar de la *Naturalis historia* de Plinio, que excedía (y sigue excediendo) mis módicas virtudes de latinista. Todo se propala en un pueblo chico; Ireneo, en su rancho de las orillas, no tardó en enterarse del arribo de esos libros anómalos. Me dirigió una carta florida y ceremoniosa, en la que recordaba nuestro encuentro, desdichadamente fugaz, «del día siete de febrero del año ochenta y cuatro», ponderaba los gloriosos servicios que don Gregorio Haedo, mi tío, finado ese mismo año, «había prestado a las dos patrias en la valerosa jornada de Ituzaingó» y me solicitaba el préstamo de cualquiera de los volúmenes, acompañado de un diccionario «para la buena inteligencia del texto original, porque todavía ignoro el latín». Prometía devolverlos en buen estado, casi inmediatamente. La letra era perfecta, muy perfilada; la ortografía, del tipo que Andrés Bello preconizó: *i* por *y*, *j* por *g*. Al principio, temí naturalmente una broma. Mis primos me aseguraron que no, que eran cosas de Ireneo. No supe si atribuir a descaro, a ignorancia o a estupidez la idea de que el arduo latín no requería más instrumento que un diccionario; para desengañarlo con plenitud le mandé el *Gradus ad Parnassum*, de Quicherat, y la obra de Plinio.

El catorce de febrero me telegrafiaron de Buenos Aires que volviera inmediatamente, porque mi padre no estaba «nada bien». Dios me perdone; el prestigio de ser el destinatario de un telegrama urgente, el deseo de comunicar a todo Fray Bentos la contradicción entre la forma negativa de la noticia y el perentorio adverbio, la tentación de dramatizar mi dolor, fingiendo un viril estoicismo, tal vez me distrajeron de toda posibilidad de dolor. Al hacer la valija, noté que me faltaba el *Gradus* y el primer tomo de la *Naturalis historia*. El *Saturno* zarpaba al día siguiente por la mañana; esa noche, después de cenar, me encaminé a casa de Funes. Me asombró que la noche fuera no menos pesada que el día.

En el decente rancho, la madre de Funes me recibió.

Me dijo que Ireneo estaba en la pieza del fondo y que no me extrañara encontrarla a oscuras, porque Ireneo sabía pasarse las horas muertas sin encender la vela. Atravesé el patio de baldosa, el corredorcito; llegué al segundo patio. Había una parra; la oscuridad pudo parecerme total. Oí de pronto la alta y burlona voz de Ireneo. Esa voz hablaba en latín; esa voz (que venía de la tiniebla) articulaba con moroso deleite un discurso o plegaria o incantación. Resonaron las sílabas romanas en el patio de tierra; mi temor las creía indescifrables, interminables; después, en el enorme diálogo de esa noche, supe que formaban el primer párrafo del vigésimocuarto capítulo del libro séptimo de la *Naturalis historia*. La materia de ese capítulo es la memoria; las palabras últimas fueron *ut nihil non iisdem verbis redderetur auditum*.

Sin el menor cambio de voz, Ireneo me dijo que pasara. Estaba en el catre, fumando. Me parece que no le vi la cara hasta el alba; creo rememorar el ascua momentánea del cigarrillo. La pieza olía vagamente a humedad. Me senté; repetí la historia del telegrama y de la enfermedad de mi padre.

Arribo, ahora, al más difícil punto de mi relato. Éste (bueno es que ya lo sepa el lector) no tiene otro argumento que ese diálogo de hace ya medio siglo. No trataré de reproducir sus palabras, irrecuperables ahora. Prefiero resumir con veracidad las muchas cosas que me dijo Ireneo. El estilo indirecto es remoto y débil; yo sé que sacrifico la eficacia de mi relato; que mis lectores se imaginen los entrecortados períodos que me abrumaron esa noche.

Ireneo empezó por enumerar, en latín y español, los casos de memoria prodigiosa registrados por la *Naturalis historia:* Ciro, rey de los persas que sabía llamar por su nombre a todos los soldados de sus ejércitos; Mitrídates Eupator, que administraba la justicia en los 22 idiomas de su imperio; Simónides, inventor de la mnemotecnia; Metrodoro, que profesaba el arte de repetir con fidelidad lo escuchado una sola vez. Con evidente buena fe se maravilló de que tales casos maravillaran. Me dijo que antes de esa tarde lluviosa en que lo volteó el azulejo, él había sido lo que son todos los cristianos: un ciego, un sordo, un abombado, un desmemoriado. (Traté de recordarle su percepción exacta del tiempo, su memoria de nombres propios; no me hizo caso.) Diez y nueve años había vivido como quien sueña: miraba sin ver, oía sin oír, se olvidaba de todo, de casi todo. Al caer, perdió el conocimiento; cuando lo recobró, el presente era casi intolerable de tan rico y tan nítido, y también las memorias más antiguas y más triviales. Poco después averiguó que estaba tullido. El hecho apenas le interesó. Razonó (sintió) que la inmovilidad era un precio mínimo. Ahora su percepción y su memoria eran infalibles.

Nosotros, de un vistazo, percibimos tres copas en una mesa; Funes, todos los vástagos y racimos y frutos que comprende una parra. Sabía las formas de las nubes australes del amanecer del treinta de abril de mil ochocientos ochenta y dos y podía compararlas en el recuerdo con las vetas de un libro en pasta española que sólo había mirado una vez y con las líneas de la espuma que un remo levantó en el Río Negro la víspera de la acción del Quebracho. Esos recuerdos no eran simples; cada imagen visual estaba ligada a sensaciones musculares, térmicas, etc. Podía reconstruir todos los sueños, todos los entresueños. Dos o tres veces había reconstruido un día entero; no había dudado nunca, pero cada reconstrucción había requerido un día entero. Me dijo: *Más recuerdos tengo yo solo que los que habrán tenido todos los hombres desde que el mundo es mundo.* Y también: *Mis sueños son como la vigilia de ustedes.* Y también, hacia el alba: *Mi memoria, señor, es como vaciadero de basuras.* Una circunferencia en un pizarrón, un triángulo rectángulo, un rombo, son formas que podemos intuir plenamente; lo mismo le pasaba a Ireneo con las aborrascadas crines de un potro, con una punta de ganado en una cuchilla, con el fuego cambiante y con la innumerable ceniza, con las muchas caras de un muerto en un largo velorio. No sé cuántas estrellas veía en el cielo.

Esas cosas me dijo; ni entonces ni después las he puesto en duda. En aquel tiempo no había cinematógrafos ni fonógrafos; es, sin embargo, inverosímil y hasta increíble que nadie hiciera un experimento con Funes. Lo cierto es que vivimos postergando todo lo postergable; tal vez todos sabemos profundamente que somos inmortales y que tarde o temprano, todo hombre hará todas las cosas y sabrá todo.

La voz de Funes, desde la oscuridad, seguía hablando.

Me dijo que hacia 1886 había discurrido un sistema original de numeración y que en muy pocos días había rebasado el veinticuatro mil. No lo había escrito, porque lo pensado una sola vez ya no podía borrársele. Su primer estímulo, creo, fue el desagrado de que los treinta y tres orientales requirieran dos signos y tres palabras, en lugar de una sola palabra y un solo signo. Aplicó luego ese disparatado principio a los otros números. En lugar de siete mil trece, decía (por ejemplo) *Máximo Pérez;* en lugar de siete mil catorce, *El Ferrocarril;* otros números eran *Luis Melián Lafinur, Olimar, azufre, los bastos, la ballena, el gas, la caldera, Napoleón, Agustín de Vedia.* En lugar de quinientos, decía *nueve.* Cada palabra tenía un signo particular, una especie de marca; las últimas eran muy complicadas... Yo traté de explicarle que esa rapsodia de voces inconexas era precisamente lo contrario de un sistema de numeración. Le dije que decir 365 era decir tres centenas, seis decenas, cinco unidades; análisis que no existe en los «números» *El Negro Timateo* o *manta de carne*. Funes no me entendió o no quiso entenderme.

Locke, en el siglo XVII, postuló (y reprobó) un idioma imposible en el que cada cosa individual, cada piedra, cada pájaro y cada rama tuviera un nombre propio; Funes proyectó alguna vez un idioma análogo, pero lo desechó por parecerle demasiado general, demasiado ambiguo. En efecto, Funes no sólo recordaba cada hoja de cada árbol, de cada monte, sino cada una de las veces que la había percibido o imaginado. Resolvió reducir cada una de sus jornadas pretéritas, a unos setenta mil recuerdos, que definiría luego por cifras. Lo disuadieron dos consideraciones: la conciencia de que la tarea era interminable, la conciencia de que era inútil. Pensó que en la hora de la muerte no habría acabado aún de clasificar todos los recuerdos de la niñez.

Los dos proyectos que he indicado (un vocabulario infinito para la serie natural de los números, un inútil catálogo mental de todas las imágenes del recuerdo) son insensatos, pero revelan cierta balbuciente grandeza. Nos dejan vislumbrar o inferir el vertiginoso mundo de Funes. Éste, no lo olvidemos, era casi incapaz de ideas generales, platónicas. No sólo le costaba comprender que el símbolo genérico *perro* abarcara tantos individuos dispares de diversos tamaños y diversa forma; le molestaba que el perro de las tres y catorce (visto de perfil) tuviera el mismo nombre que el perro de las tres y cuarto (visto de frente). Su propia cara en el

espejo, sus propias manos, lo sorprendían cada vez. Refiere
Swift que el emperador de Lilliput discernía el movimiento
del minutero; Funes discernía continuamente los tranquilos
avances de la corrupción, de las caries, de la fatiga. Notaba
los progresos de la muerte, de la humedad. Era el solitario
y lúcido espectador de un mundo multiforme, instantáneo y
casi intolerablemente preciso. Babilonia, Londres y Nueva
York han abrumado con feroz esplendor la imaginación de
los hombres; nadie, en sus torres populosas o en sus aveni-
das urgentes, ha sentido el calor y la presión de una realidad
tan infatigable como la que día y noche convergía sobre el
infeliz Ireneo, en su pobre arrabal sudamericano. Le era
muy difícil dormir. Dormir es distraerse del mundo; Funes,
de espaldas en el catre, en la sombra, se figuraba cada
grieta y cada moldura de las casas precisas que lo rodeaban.
(Repito que el menos importante de sus recuerdos era más
minucioso y más vivo que nuestra percepción de un goce
físico o de un tormento físico.) Hacia el Este, en un trecho
no amanzanado, había casas nuevas, desconocidas. Funes
las imaginaba negras, compactas, hechas de tiniebla homo-
génea; en esa dirección volvía la cara para dormir. También
solía imaginarse en el fondo del río, mecido y anulado por
la corriente.

Había aprendido sin esfuerzo el inglés, el francés, el
portugués, el latín. Sospecho, sin embargo que no era muy
capaz de pensar. Pensar es olvidar diferencias, es generali-
zar, abstraer. En el abarrotado mundo de Funes no había
sino detalles, casi inmediatos.

La recelosa claridad de la madrugada entró por el patio de tierra.

Entonces vi la cara de la voz que toda la noche había hablado. Ireneo tenía diecinueve años; había nacido en 1868; me pareció monumental como el bronce, más antiguo que Egipto, anterior a las profecías y a las pirámides. Pensé que cada una de mis palabras (que cada uno de mis gestos) perduraría en su implacable memoria; me entorpeció el temor de multiplicar ademanes inútiles.

Ireneo Funes murió en 1889, de una congestión pulmonar.

1942

La forma de la espada

Le cruzaba la cara una cicatriz rencorosa: un arco ceniciento y casi perfecto que de un lado ajaba la sien y del otro el pómulo. Su nombre verdadero no importa; todos en Tacuarembó le decían el *Inglés de La Colorada*. El dueño de esos campos, Cardoso, no quería vender; he oído que el Inglés recurrió a un imprevisible argumento: le confió la historia secreta de la cicatriz. El Inglés venía de la frontera, de Río Grande del Sur; no faltó quien dijera que en el Brasil había sido contrabandista. Los campos estaban empastados; las aguadas, amargas; el Inglés, para corregir esas deficiencias, trabajó a la par de sus peones. Dicen que era severo hasta la crueldad, pero escrupulosamente justo. Dicen también que era bebedor: un par de veces al año se encerraba en el cuarto del mirador y emergía a los dos o tres días como de una batalla o de un vértigo, pálido, trémulo, azorado y tan autoritario como antes. Recuerdo los ojos glaciales, la enérgica flacura, el bigote gris. No se daba con nadie; es verdad que su español era rudimental, abrasilerado. Fuera de alguna carta comercial o de algún folleto, no recibía correspondencia.

La última vez que recorrí los departamentos del Norte, una crecida del arroyo Caraguatá me obligó a hacer noche en *La Colorada*. A los pocos minutos creí notar que mi aparición era inoportuna; procuré congraciarme con el Inglés; acudí a la menos perspicaz de las pasiones: el patriotismo. Dije que era invencible un país con el espíritu de Inglaterra. Mi interlocutor asintió, pero agregó con una sonrisa que él no era inglés. Era irlandés, de Dungarvan. Dicho esto se detuvo, como si hubiera revelado un secreto.

Salimos, después de comer, a mirar el cielo. Había escampado, pero detrás de las cuchillas del Sur, agrietado y rayado de relámpagos, urdía otra tormenta. En el desmantelado comedor, el peón que había servido la cena trajo una botella de ron. Bebimos largamente, en silencio.

No sé qué hora sería cuando advertí que yo estaba borracho; no sé qué inspiración o qué exultación o qué tedio me hizo mentar la cicatriz. La cara del Inglés se demudó; durante unos segundos pensé que me iba a expulsar de la casa. Al fin me dijo con su voz habitual:

—Le contaré la historia de mi herida bajo una condición: la de no mitigar ningún oprobio, ninguna circunstancia de infamia.

Asentí. Ésta es la historia que contó, alternando el inglés con el español, y aun con el portugués:

«Hacia 1922, en una de las ciudades de Connaught, yo

era uno de los muchos que conspiraban por la independencia de Irlanda. De mis compañeros, algunos sobreviven dedicados a tareas pacíficas; otros, paradójicamente, se baten en los mares o en el desierto, bajo los colores ingleses; otro, el que más valía, murió en el patio de un cuartel en el alba, fusilado por hombres llenos de sueño; otros (no los más desdichados), dieron con su destino en las anónimas y casi secretas batallas de la guerra civil. Éramos republicanos, católicos; éramos, lo sospecho, románticos. Irlanda no sólo era para nosotros el porvenir utópico y el intolerable presente; era una amarga y cariñosa mitología, era las torres circulares y las ciénagas rojas, era el repudio de Parnell y las enormes epopeyas que cantan el robo de toros que en otra encarnación fueron héroes y en otras peces y montañas... En un atardecer que no olvidaré, nos llegó un afiliado de Munster: un tal John Vincent Moon.

»Tenía escasamente veinte años. Era flaco y fofo a la vez; daba la incómoda impresión de ser invertebrado. Había cursado con fervor y con vanidad casi todas las páginas de no sé qué manual comunista; el materialismo dialéctico le servía para cegar cualquier discusión. Las razones que puede tener un hombre para abominar de otro o para quererlo son infinitas: Moon reducía la historia universal a un sórdido conflicto económico. Afirmaba que la revolución está predestinada a triunfar. Yo le dije que a un *gentleman* sólo pueden interesarle causas perdidas... Ya era de noche; seguimos disintiendo en el corredor, en las escaleras, luego en las vagas calles. Los juicios emitidos por Moon me impresionaron menos que su inapelable tono apodíctico. El nuevo camarada no discutía: dictaminaba con desdén y con cierta cólera.

»Cuando arribamos a las últimas casas, un brusco tiroteo nos aturdió. (Antes o después, orillamos el ciego paredón de una fábrica o de un cuartel.) Nos internamos en una calle de tierra; un soldado, enorme en el resplandor, surgió de una cabaña incendiada. A gritos nos mandó que nos detuviéramos. Yo apresuré mis pasos, mi camarada no me siguió. Me di vuelta: John Vincent Moon estaba inmóvil, fascinado y como eternizado por el terror. Entonces yo volví, derribé de un golpe al soldado, sacudí a Vincent Moon, lo insulté y le ordené que me siguiera. Tuve que tomarlo del brazo; la pasión del miedo lo invalidaba. Huimos, entre la noche agujereada de incendios. Una descarga de fusilería nos buscó; una bala rozó el hombro derecho de Moon; éste, mientras huíamos entre pinos, prorrumpió en un débil sollozo.

»En aquel otoño de 1922 yo me había guarecido en la quinta del general Berkeley. Éste (a quien yo jamás había visto) desempeñaba entonces no sé qué cargo administrativo en Bengala; el edificio tenía menos de un siglo, pero era desmedrado y opaco y abundaba en perplejos corredores y en vanas antecámaras. El museo y la enorme biblioteca usurpaban la planta baja: libros controversiales e incompatibles que de algún modo son la historia del siglo XIX; cimitarras de Nishapur, en cuyos detenidos arcos de círculo parecían perdurar el viento y la violencia de la batalla. Entramos (creo recordar) por los fondos. Moon, trémula y reseca la boca, murmuró que los episodios de la noche eran interesantes; le hice una curación, le traje una taza de té; pude comprobar que su "herida" era superficial. De pronto balbuceó con perplejidad:

»—Pero usted se ha arriesgado sensiblemente.

»Le dije que no se preocupara. (El hábito de la guerra civil me había impelido a obrar como obré; además, la prisión de un solo afiliado podía comprometer nuestra causa.)

»Al otro día Moon había recuperado el aplomo. Aceptó un cigarrillo y me sometió a un severo interrogatorio sobre los "recursos económicos de nuestro partido revolucionario". Sus preguntas eran muy lúcidas; le dije (con verdad) que la situación era grave. Hondas descargas de fusilería conmovieron el Sur. Le dije a Moon que nos esperaban los compañeros. Mi sobretodo y mi revólver estaban en mi pieza; cuando volví, encontré a Moon tendido en el sofá, con los ojos cerrados. Conjeturó que tenía fiebre; invocó un doloroso espasmo en el hombro.

»Entonces comprendí que su cobardía era irreparable. Le rogué torpemente que se cuidara y me despedí. Me abochornaba ese hombre con miedo, como si yo fuera el cobarde, no Vincent Moon. Lo que hace un hombre es como si lo hicieran todos los hombres. Por eso no es injusto que una desobediencia en un jardín contamine al género humano; por eso no es injusto que la crucifixión de un solo judío baste para salvarlo. Acaso Schopenhauer tiene razón: yo soy los otros, cualquier hombre es todos los hombres, Shakespeare es de algún modo el miserable John Vincent Moon.

»Nueve días pasamos en la enorme casa del general. De

las agonías y luces de la guerra no diré nada: mi propósito es referir la historia de esta cicatriz que me afrenta. Esos nueve días, en mi recuerdo, forman un solo día, salvo el penúltimo, cuando los nuestros irrumpieron en un cuartel y pudimos vengar exactamente a los dieciséis camaradas que fueron ametrallados en Elphin. Yo me escurría de la casa hacia el alba, en la confusión del crepúsculo. Al anochecer estaba de vuelta. Mi compañero me esperaba en el primer piso: la herida no le permitía descender a la planta baja. Lo rememoro con algún libro de estrategia en la mano: F. N. Maude o Clausewitz. "El arma que prefiero es la artillería", me confesó una noche. Inquiría nuestros planes; le gustaba censurarlos o reformarlos. También solía denunciar "nuestra deplorable base económica"; profetizaba, dogmático y sombrío, el ruinoso fin. *C'est une affaire flambée*, murmuraba. Para mostrar que le era indiferente ser un cobarde físico, magnificaba su soberbia mental. Así pasaron, bien o mal, nueve días.

»El décimo la ciudad cayó definitivamente en poder de los *Black and Tans*. Altos jinetes silenciosos patrullaban las rutas; había cenizas y humo en el viento; en una esquina vi tirado un cadáver, menos tenaz en mi recuerdo que un maniquí en el cual los soldados interminablemente ejercitaban la puntería, en mitad de la plaza... Yo había salido cuando el amanecer estaba en el cielo; antes del mediodía volví. Moon, en la biblioteca, hablaba con alguien; el tono de la voz me hizo comprender que hablaba por teléfono. Después oí mi nombre; después que yo regresaría a las siete, después la indicación de que me arrestaran cuando yo atravesara el jardín. Mi razonable amigo estaba razonablemente vendiéndome. Le oí exigir unas garantías de seguridad personal.

»Aquí mi historia se confunde y se pierde. Sé que perseguí al delator a través de negros corredores de pesadilla y de hondas escaleras de vértigo. Moon conocía la casa muy bien, harto mejor que yo. Una o dos veces lo perdí. Lo acorralé antes de que los soldados me detuvieran. De una de las panoplias del general arranqué un alfanje; con esa media luna de acero le rubriqué en la cara, para siempre, una media luna de sangre. Borges: a usted que es un desconocido, le he hecho esta confesión. No me duele tanto su menosprecio.»

Aquí el narrador se detuvo. Noté que le temblaban las manos.

—¿Y Moon? —le interrogué.

—Cobró los dineros de Judas y huyó al Brasil. Esa tarde, en la plaza, vio fusilar un maniquí por unos borrachos.

Aguardé en vano la continuación de la historia. Al fin le dije que prosiguiera.

Entonces un gemido lo atravesó; entonces me mostró con débil dulzura la corva cicatriz blanquecina.

—¿Usted no me cree? —balbuceó—. ¿No ve que llevo escrita en la cara la marca de mi infamia? Le he narrado la historia de este modo para que usted la oyera hasta el fin. Yo he denunciado al hombre que me amparó: yo soy Vincent Moon. Ahora desprécieme.

1942

Tema del traidor
y del héroe

So the Platonic Year
Whirls out new rigth and wrong,
Whirls in the old instead;
All men are dancers and their tread
Goes to the barbarous clangour of a gong.

W. B. YEATS: *THE TOWER*

Bajo el notorio influjo de Chesterton (discurridor y exornador de elegantes misterios) y del consejero áulico Leibniz (que inventó la armonía preestablecida), he imaginado este argumento, que escribiré tal vez y que ya de algún modo me justifica, en las tardes inútiles. Faltan pormenores, rectificaciones, ajustes; hay zonas de la historia que no me fueron reveladas aún; hoy, 3 de enero de 1944, la vislumbro así.

La acción transcurre en un país oprimido y tenaz: Polonia, Irlanda, la república de Venecia, algún estado sudamericano o balcánico... Ha transcurrido, mejor dicho, pues aunque el narrador es contemporáneo, la historia referida por él ocurió al promediar o al empezar el siglo xix. Digamos (para comodidad narrativa) Irlanda; digamos 1824. El narrador se llama Ryan; es bisnieto del joven, del heroico, del bello, del asesinado Fergus Kilpatrick, cuyo sepulcro fue misteriosamente violado, cuyo nombre ilustra los versos de Browning y de Hugo, cuya estatua preside un cerro gris entre ciénagas rojas.

Kilpatrick fue un conspirador, un secreto y glorioso capitán de conspiradores; a semejanza de Moisés que, desde la tierra de Moab, divisó y no pudo pisar la tierra prometida, Kilpatrick pereció en la víspera de la rebelión victoriosa que había premeditado y soñado. Se aproxima la fecha del primer centenario de su muerte; las circunstancias del crimen son enigmáticas; Ryan, dedicado a la redacción de una biografía del héroe, descubre que el enigma rebasa lo puramente policial. Kilpatrick fue asesinado en un teatro; la policía británica no dio jamás con el matador; los historiadores declaran que ese fracaso no empaña su buen crédito, ya que tal vez lo hizo matar la misma policía. Otras facetas del enigma inquietan a Ryan. Son de carácter cíclico: parecen repetir o combinar hechos de remotas regiones, de remotas edades. Así, nadie ignora que los esbirros que examinaron el cadáver del héroe, hallaron una carta cerrada que le advertía el riesgo de concurrir al teatro, esa noche; también

Julio César, al encaminarse al lugar donde lo aguardaban los puñales de sus amigos, recibió un memorial que no llegó a leer, en que iba declarada la traición, con los nombres de los traidores. La mujer de César, Calpurnia, vio en sueños abatida una torre que le había decretado el Senado; falsos y anónimos rumores, la víspera de la muerte de Kilpatrick publicaron en todo el país el incendio de la torre circular de Kilgarvan, hecho que pudo parecer un presagio, pues aquél había nacido en Kilgarvan. Esos paralelismos (y otros) de la historia de César y de la historia de un conspirador irlandés inducen a Ryan a suponer una secreta forma del tiempo, un dibujo de líneas que se repiten. Piensa en la historia decimal que ideó Condorcet; en las morfologías que propusieron Hegel, Spengler y Vico; en los hombres de Hesíodo, que degeneran desde el oro hasta el hierro. Piensa en la transmigración de las almas, doctrina que da horror a las letras célticas y que el propio César atribuyó a los druidas británicos; piensa que antes de ser Fergus Kilpatrick, Fergus Kilpatrick fue Julio César. De esos laberintos circulares lo salva una curiosa comprobación, una comprobación que luego lo abisma en otros laberintos más inextricables y heterogéneos: ciertas palabras de un mendigo que conversó con Fergus Kilpatrick el día de su muerte, fueron prefiguradas por Shakespeare, en la tragedia de *Macbeth*. Que la historia hubiera copiado a la historia ya era suficientemente pasmoso; que la historia copie a la literatura es inconcebible... Ryan indaga que en 1814, James Alexander Nolan, el más antiguo de los compañeros del héroe, había traducido al gaélico los principales dramas de Shakespeare; entre ellos, *Julio César*. También descubre en los archivos un artículo manuscrito de Nolan sobre los *Festspiele* de Suiza: vastas y errantes representaciones teatrales, que requieren miles de actores y que reiteran episodios históricos en las mismas ciudades y montañas donde ocurrieron. Otro documento inédito le revela que, pocos días antes del fin, Kilpatrick, presidiendo el último cónclave, había firmado la sentencia de muerte de un traidor, cuyo nombre ha sido borrado. Esta sentencia no condice con los piadosos hábitos de Kilpatrick. Ryan investiga el asunto (esa investigación es uno de los hiatos del argumento) y logra descifrar el enigma.

Kilpatrick fue ultimado en un teatro, pero de teatro hizo también la entera ciudad, y los actores fueron legión, y el drama coronado por su muerte abarcó muchos días y muchas noches. He aquí lo acontecido:

El 2 de agosto de 1824 se reunieron los conspiradores. El país estaba maduro para la rebelión; algo, sin embargo, fallaba siempre: algún traidor había en el cónclave. Fergus Kilpatrick había encomendado a James Nolan el descubrimiento de ese traidor. Nolan ejecutó su tarea: anunció en pleno cónclave que el traidor era el mismo Kilpatrick. Demostró con pruebas irrefutables la verdad de la acusación; los conjurados condenaron a muerte a su presidente. Éste firmó su propia sentencia, pero imploró que su castigo no perjudicara a la patria.

Entonces Nolan concibió un extraño proyecto. Irlanda idolatraba a Kilpatrick; la más tenue sospecha de su vileza hubiera comprometido la rebelión; Nolan propuso un plan que hizo de la ejecución del traidor el instrumento para la emancipación de la patria. Sugirió que el condenado muriera a manos de un asesino desconocido, en circunstancias deliberadamente dramáticas, que se grabaran en la imaginación popular y que apresuraran la rebelión. Kilpatrick juró colaborar en este proyecto, que le daba ocasión de redimirse y que rubricaría su muerte.

Nolan, urgido por el tiempo, no supo íntegramente inventar las circunstancias de la múltiple ejecución; tuvo que plagiar a otro dramaturgo, al enemigo inglés William Shakespeare. Repitió escenas de *Macbeth*, de *Julio César*. La pública y secreta representación comprendió varios días. El condenado entró en Dublín, discutió, obró, rezó, reprobó, pronunció palabras patéticas, y cada uno de esos actos que reflejaría la gloria, había sido prefijado por Nolan. Centenares de actores colaboraron con el protagonista; el rol de algunos fue complejo; el de otros, momentáneo. Las cosas que dijeron e hicieron perduran en los libros históricos, en la memoria apasionada de Irlanda. Kilpatrick, arrebatado por ese minucioso destino que lo redimía y que lo perdía, más de una vez enriqueció con actos y palabras improvisadas el texto de su juez. Así fue desplegándose en el tiempo el populoso drama, hasta que el 6 de agosto de 1824, en un palco de funerarias cortinas que prefiguraba el de Lincoln, un balazo anhelado entró en el pecho del traidor y del héroe, que apenas pudo articular, entre dos efusiones de brusca sangre, algunas palabras previstas.

En la obra de Nolan, los pasajes imitados de Shakespeare son los *menos* dramáticos; Ryan sospecha que el autor los intercaló para que una persona, en el porvenir, diera con la verdad. Comprende que él también forma parte de la trama de Nolan... Al cabo de tenaces cavilaciones, resuelve silenciar el descubrimiento. Publica un libro dedicado a la gloria del héroe; también eso, tal vez, estaba previsto.

La muerte y la brújula

A Mandie Molina Vedia

De los muchos problemas que ejercitaron la temeraria perspicacia de Lönnrot, ninguno tan extraño —tan rigurosamente extraño, diremos— como la periódica serie de hechos de sangre que culminaron en la quinta de Triste-le-Roy, entre el interminable olor de los eucaliptos. Es verdad que Erik Lönnrot no logró impedir el último crimen, pero es indiscutible que lo previó. Tampoco adivinó la identidad del infausto asesino de Yarmolinsky, pero sí la secreta morfología de la malvada serie y la participación de Red Scharlach, cuyo segundo apodo es Scharlach el Dandy. Ese criminal (como tantos) había jurado por su honor la muerte de Lönnrot, pero éste nunca se dejó intimidar. Lönnrot se creía un puro razonador, un Auguste Dupin, pero algo de aventurero había en él y hasta de tahúr.

El primer crimen ocurrió en el Hôtel du Nord —ese alto prisma que domina el estuario cuyas aguas tienen el color del desierto. A esa torre (que muy notoriamente reúne la aborrecida blancura de un sanatorio, la numerada divisibilidad de una cárcel y la apariencia general de una casa mala) arribó el día 3 de diciembre el delegado de Podólsk al Tercer Congreso Talmúdico, doctor Marcelo Yarmolinsky, hombre de barba gris y ojos grises. Nunca sabremos si el Hôtel du Nord le agradó: lo aceptó con la antigua resignación que le había permitido tolerar tres años de guerra en los Cárpatos y tres mil años de opresión y de pogroms. Le dieron un dormitorio en el piso R, frente a la *suite* que no sin esplendor ocupaba el Tetrarca de Galilea. Yarmolinsky cenó, postergó para el día siguiente el examen de la desconocida ciudad, ordenó en un *placard* sus muchos libros y sus muy pocas prendas, y antes de media noche apagó la luz. (Así lo declaró el *chauffeur* del Tetrarca, que dormía en la pieza contigua.) El cuatro, a las 11 y 3 minutos a. m., lo llamó por teléfono un redactor de la *Yidische Zeitung;* el doctor Yarmolinsky no respondió; lo hallaron en su pieza, ya levemente oscura la cara, casi desnudo bajo una gran capa anacrónica. Yacía no lejos de la puerta que daba al corredor; una puñalada profunda le había partido el pecho. Un par de horas después, en el mismo cuarto, entre periodistas, fotógrafos y gendarmes, el comisario Treviranus y Lönnrot debatían con serenidad el problema.

—No hay que buscarle tres pies al gato —decía Treviranus, blandiendo un imperioso cigarro—. Todos sabemos que el Tetrarca de Galilea posee los mejores zafiros del mundo. Alguien, para robarlos, habrá penetrado aquí por error. Yarmolinsky se ha levantado; el ladrón ha tenido que matarlo. ¿Qué le parece?

—Posible, pero no interesante —respondió Lönnrot—. Usted replicará que la realidad no tiene la menor obligación de ser interesante. Yo le replicaré que la realidad puede prescindir de esa obligación, pero no las hipótesis. En la que usted ha improvisado, interviene copiosamente el azar. He aquí un rabino muerto; yo preferiría una explicación puramente rabínica, no los imaginarios percances de un imaginario ladrón.

Treviranus repuso con mal humor:

—No me interesan las explicaciones rabínicas; me interesa la captura del hombre que apuñaló a este desconocido.

—No tan desconocido —corrigió Lönnrot—. Aquí están sus obras completas. —Indicó en el placard una fila de altos volúmenes: una *Vindicación de la cábala;* un *Examen de la filosofía de Robert Flood;* una traducción literal del *Sepher Yezirah;* una *Biografía del Baal Shem;* una *Historia de la secta de los Hasidim;* una monografía (en alemán) sobre el Tetragrámaton; otra, sobre la nomenclatura divina del Pentateuco. El comisario los miró con temor, casi con repulsión. Luego, se echó a reír.

—Soy un pobre cristiano —repuso—. Llévese todos esos mamotretos, si quiere; no tengo tiempo que perder en supersticiones judías.

—Quizá este crimen pertenece a la historia de las supersticiones judías —murmuró Lönnrot.

—Como el cristianismo —se atrevió a completar el redactor de la *Yidische Zaitung*. Era miope, ateo y muy tímido.

Nadie le contestó. Uno de los agentes había encontrado en la pequeña máquina de escribir una hoja de papel con esta sentencia inconclusa:

LA PRIMERA LETRA DEL

NOMBRE HA SIDO ARTICULADA.

Lönnrot se abstuvo de sonreír. Bruscamente bibliófilo o hebraísta, ordenó que le hicieran un paquete con los libros del muerto y los llevó a su departamento. Indiferente a la investigación policial, se dedicó a estudiarlos. Un libro en octavo mayor le reveló las enseñanzas de Israel Baal Shem Tobh, fundador de la secta de los Piadosos; otro, las virtudes y terrores del Tetragrámaton, que es el inefable Nombre de Dios; otro, la tesis de que Dios tiene un nombre secreto, en el cual está compendiado (como en la esfera de cristal que los persas atribuyen a Alejandro de Macedonia). Su noveno atributo, la eternidad —es decir, el conocimiento inmediato— de todas las cosas que serán, que son y que han sido en el universo. La tradición enumera noventa y nueve nombres de Dios; los hebraístas atribuyen ese imperfecto número al mágico temor de las cifras pares; los Hasidim razonan que ese hiato señala un centésimo nombre —el Nombre Absoluto.

De esa erudición lo distrajo, a los pocos días, la aparición del redactor de la *Yidische Zaitung*. Éste quería hablar del asesinato; Lönnrot prefirió hablar de los diversos nombres de Dios; el periodista declaró en tres columnas que el investigador Erik Lönnrot se había dedicado a estudiar los nombres de Dios para dar con el nombre del asesino. Lönnrot, habituado a las simplificaciones del periodismo, no se indignó. Uno de esos tenderos que han descubierto que cualquier hombre se resigna a comprar cualquier libro, publicó una edición popular de la *Historia de la secta de los Hasidim*.

El segundo crimen ocurrió la noche del 3 de enero, en el más desamparado y vacío de los huecos suburbios occidentales de la capital. Hacia el amanecer, uno de los gendarmes que vigilan a caballo esas soledades vio en el umbral de una antigua pinturería un hombre emponchado, yacente. El duro rostro estaba como enmascarado de sangre; una puñalada profunda le había rajado el pecho. En la pared, sobre los rombos amarillos y rojos, había unas palabras en tiza. El gendarme las deletreó... Esa tarde, Treviranus y Lönnrot se dirigieron a la remota escena del crimen. A izquierda y a derecha del automóvil, la ciudad se desintegraba; crecía el firmamento y ya importaban poco las casas y mucho un horno de ladrillos o un álamo. Llegaron a su pobre destino: un callejón final de tapias rosadas que parecían reflejar de algún modo la desaforada puesta de sol. El muerto ya había sido identificado. Era Daniel Simón Azevedo, hombre de alguna fama en los antiguos arrabales del Norte, que había ascendido de carrero a guapo electoral, para degenerar después en ladrón y hasta en delator. (El singular estilo de su muerte les pareció adecuado: Azevedo era el último representante de una generación de bandidos que sabía el manejo del puñal, pero no del revólver.) Las palabras de tiza eran las siguientes:

LA SEGUNDA LETRA DEL NOMBRE

HA SIDO ARTICULADA.

El tercer crimen ocurrió la noche del 3 de febrero. Poco antes de la una, el teléfono resonó en la oficina del comisario Treviranus. Con ávido sigilo, habló un hombre de voz gutural; dijo que se llamaba Ginzberg (o Ginsburg) y que estaba dispuesto a comunicar, por una remuneración razonable, los hechos de los dos sacrificios de Azevedo y de Yarmolinsky. Una discordia de silbidos y de cornetas ahogó la voz del delator. Después, la comunicación se cortó. Sin rechazar aún la posibilidad de una broma (al fin, estaban en carnaval) Treviranus indagó que le habían hablado desde *Liverpool House*, taberna de la Rue de Toulon—esa calle salobre en la que conviven el cosmorama y la lechería, el burdel y los vendedores de biblias. Treviranus habló con el patrón. Éste (Black Finnegan, antiguo criminal irlandés, abrumado y casi anulado por la decencia) le dijo que la última persona que había empleado el teléfono de la casa era un inquilino, un tal Gryphius, que acababa de salir con unos amigos. Treviranus fue en seguida a *Liverpool House*. El patrón le comunicó lo siguiente: Hace ocho días, Gryphius había tomado una pieza en los altos del bar. Era un hombre de rasgos afilados, de nebulosa barba gris, trajeado pobremente de negro; Finnegan (que destinaba esa habitación a un empleo que Treviranus adivinó) le pidió un alquiler sin duda excesivo; Gryphius inmediatamente pagó la suma estipulada. No salía casi nunca; cenaba y almorzaba en su cuarto; apenas si le conocían la cara en el bar. Esa noche, bajó a telefonear al despacho de Finnegan. Un cupé cerrado se detuvo ante la taberna. El cochero no se movió del pescante; algunos parroquianos recordaron que tenía máscara de oso. Del cupé bajaron dos arlequines; eran de reducida estatura y nadie pudo no observar que estaban muy borrachos. Entre balidos de cornetas, irrumpieron en el escritorio de Finnegan; abrazaron a Gryphius, que pareció reconocerlos, pero que les respondió con frialdad; cambiaron unas palabras en yiddish —él en voz baja, gutural, ellos con voces falsas, agudas— y subieron a la pieza del fondo. Al cuarto de hora bajaron los tres, muy felices; Gryphius, tambaleante, parecía tan borracho como los otros. Iba, alto y vertiginoso, en el medio, entre los arlequines enmascarados. (Una de las mujeres del bar recordó los losanges amarillos, rojos y verdes.) Dos veces tropezó; dos veces lo sujetaron los arlequines. Rumbo a la dársena inmediata, de agua rectangular, los tres subieron al cupé y desaparecieron. Ya en el estribo del cupé, el último arlequín garabateó una figura obscena y una sentencia en una de las pizarras de la recova.

Treviranus vio la sentencia. Era casi previsible, decía:

LA ÚLTIMA DE LAS LETRAS DEL NOMBRE
HA SIDO ARTICULADA.

Examinó, después, la piecita de Gryphius-Ginzberg.
Había en el suelo una brusca estrella de sangre; en los rin-
cones, restos de cigarrillos de marca húngara; en un arma-
rio, un libro en latín —el *Philologus hebraegraecus* (1739) de
Leusden— con varias notas manuscristas. Treviranus lo
miró con indignación e hizo buscar a Lönnrot. Éste, sin sa-
carse el sombrero, se puso a leer, mientras el comisario inte-
rrogaba a los contradictorios testigos del secuestro posible.
A las cuatro salieron. En la torcida Rue de Toulon, cuando
pisaban las serpentinas muertas del alba, Treviranus dijo:

—¿Y si la historia de esta noche fuera un simulacro?

Erik Lönnrot sonrió y le leyó con toda gravedad un
pasaje (que estaba subrayado) de la disertación trigésima tercera del *Philologus: Dies Judaeorum incipit a solis occasu usque
ad solis occasum diei sequentis.* Esto quiere decir —agregó—,
*El día hebreo empieza al anochecer y dura hasta el siguiente
anochecer.*

El otro ensayó una ironía.

—¿Ese dato es el más valioso que usted ha recogido esta
noche?

—No. Más valiosa es una palabra que dijo Ginzberg.

Los diarios de la tarde no descuidaron esas desapari-
ciones periódicas. *La Cruz de la Espada* las contrastó con
la admirable disciplina y el orden del último Congreso
Eremítico; Ernst Palast, en *El Mártir*, reprobó «las demo-

ras intolerables de un pogrom clandestino y frugal, que ha necesitado tres meses para liquidar tres judíos»; la *Yidische Zaitung* rechazó la hipótesis horrorosa de un complot anti-semita, «aunque muchos espíritus penetrantes no admiten otra solución del triple misterio»; el más ilustre de los pisto-leros del Sur, Dandy Red Scharlach, juró que en su distrito nunca se producirían crímenes de ésos y acusó de culpable negligencia al comisario Franz Treviranus.

Éste recibió, la noche del primero de marzo, un imponente sobre sellado. Lo abrió: el sobre contenía una carta firmada *Baruj Spinoza* y un minucioso plano de la ciudad, arrancado notoriamente de un Baedeker. La carta profetizaba que el 3 de marzo no habría un cuarto crimen, pues la pinturería del Oeste, la taberna de la Rue de Toulon y el Hôtel du Nord eran «los vértices perfectos de un triángulo equilátero y mís-tico»; el plano demostraba en tinta roja la regularidad de ese triángulo. Treviranus leyó con resignación ese argumento *more geometrico* y mandó la carta y el plano a casa de Lönnrot —indiscutible merecedor de tales locuras.

Erik Lönnrot las estudió. Los tres lugares, en efecto, eran equidistantes. Simetría en el tiempo (3 de diciembre, 3 de enero, 3 de febrero); simetría en el espacio, también... Sintió, de pronto, que estaba por descifrar el misterio. Un compás y una brújula completaron esa brusca intuición. Sonrió, pronunció la palabra *Tetragrámaton* (de adquisición reciente) y llamó por teléfono al comisario. Le dijo:

—Gracias por ese triángulo equilátero que usted anoche me mandó. Me ha permitido resolver el problema. Mañana viernes los criminales estarán en la cárcel; podemos estar muy tranquilos.

—Entonces ¿no planean un cuarto crimen?

—Precisamente porque planean un cuarto crimen, podemos estar muy tranquilos. —Lönnrot colgó el tubo. Una hora después, viajaba en un tren de los Ferrocarriles Australes, rumbo a la quinta abandonada de Triste-le-Roy. Al sur de la ciudad de mi cuento fluye un ciego riachuelo de aguas barrosas, infamado de curtiembres y de basuras. Del otro lado hay un suburbio fabril donde, al amparo de un caudillo barcelonés, medran los pistoleros. Lönnrot sonrió al pensar que el más afamado —Red Scharlach— hubiera dado cualquier cosa por conocer esa clandestina visita. Azevedo fue compañero de Scharlach; Lönnrot consideró la remota posibilidad de que la cuarta víctima fuera Scharlach. Después, la desechó... Virtualmente, había descifrado el problema; las meras circunstancias, la realidad (nombres, arrestos, caras, trámites judiciales y carcelarios), apenas le interesaban ahora. Quería pasear, quería descansar de tres meses de sedentaria investigación. Reflexionó que la explicación de los crímenes estaba en un triángulo anónimo y en una polvorienta palabra griega. El misterio casi le pareció cristalino; se abochornó de haberle dedicado cien días.

El tren paró en una silenciosa estación de cargas. Lönnrot bajó. Era una de esas tardes desiertas que parecen amaneceres. El aire de la turbia llanura era húmedo y frío. Lönnrot echó a andar por el campo. Vio perros, vio un furgón en una vía muerta, vio el horizonte, vio un caballo plateado que bebía el agua crapulosa de un charco. Oscurecía cuando vio el mirador rectangular de la quinta de Triste-le-Roy, casi tan alto como los negros eucaliptos que lo rodeaban. Pensó que apenas un amanecer y un ocaso (un viejo resplandor en el oriente y otro en el occidente) lo separaban de la hora anhelada por los buscadores del Nombre.

Una herrumbrada verja definía el perímetro irregular de la quinta. El portón principal estaba cerrado. Lönnrot, sin mucha esperanza de entrar, dio toda la vuelta. De nuevo ante el portón infranqueable, metió la mano entre los barrotes, casi maquinalmente, y dio con el pasador. El chirrido del hierro lo sorprendió. Con una pasividad laboriosa, el portón entero cedió.

Lönnrot avanzó entre los eucaliptos, pisando confundidas generaciones de rotas hojas rígidas. Vista de cerca, la casa de la quinta de Triste-le-Roy abundaba en inútiles simetrías y en repeticiones maniáticas: a una Diana glacial en un nicho lóbrego correspondía en un segundo nicho otra Diana; un balcón se reflejaba en otro balcón; dobles escalinatas se abrían en doble balaustrada. Un Hermes de dos caras proyectaba una sombra monstruosa. Lönnrot rodeó la casa como había rodeado la quinta. Todo lo examinó; bajo el nivel de la terraza vio una estrecha persiana.

La empujó: unos pocos escalones de mármol descendían a un sótano. Lönnrot, que ya intuía las preferencias del arquitecto, adivinó que en el opuesto muro del sótano había otros escalones. Los encontró, subió, alzó las manos y abrió la trampa de salida.

Un resplandor lo guió a una ventana. La abrió: una luna amarilla y circular definía en el triste jardín dos fuentes cegadas. Lönnrot exploró la casa. Por antecomedores y galerías salió a patios iguales y repetidas veces al mismo patio. Subió por escaleras polvorientas a antecámaras circulares; infinitamente se multiplicó en espejos opuestos; se cansó de abrir o entreabrir ventanas que le revelaban, afuera, el mismo desolado jardín desde varias alturas y varios ángulos; adentro, muebles con fundas amarillas y arañas embaladas en tarlatán. Un dormitorio lo detuvo; en ese dormitorio, una sola flor en una copa de porcelana; al primer roce los pétalos antiguos se deshicieron. En el segundo piso, en el último, la casa le pareció infinita y creciente. *La casa no es tan grande*, pensó. *La agrandan la penumbra, la simetría, los espejos, los muchos años, mi desconocimiento, la soledad.*

Por una escalera espiral llegó al mirador. La luna de esa tarde atravesaba los losanges de las ventanas; eran amarillos, rojos y verdes. Lo detuvo un recuerdo asombrado y vertiginoso.

Dos hombres de pequeña estatura, feroces y fornidos, se arrojaron sobre él y lo desarmaron; otro, muy alto, lo saludó con gravedad y le dijo:

—Usted es muy amable. Nos ha ahorrado una noche y un día.

Era Red Scharlach. Los hombres maniataron a Lönnrot. Éste, al fin, encontró su voz.

—Scharlach ¿usted busca el Nombre Secreto?

Scharlach seguía de pie, indiferente. No había participado en la breve lucha, apenas si alargó la mano para recibir el revólver de Lönnrot. Habló; Lönnrot oyó en su voz una fatigada victoria, un odio del tamaño del universo, una tristeza no menor que aquel odio.

—No —dijo Scharlach—. Busco algo más efímero y deleznable, busco a Erik Lönnrot. Hace tres años, en un garito de la Rue de Toulon, usted mismo arrestó, e hizo encarcelar a mi hermano. En un cupé, mis hombres me sacaron del tiroteo con una bala policial en el vientre. Nueve días y nueve noches agonicé en esta desolada quinta simétrica; me arrasaba la fiebre, el odioso Jano bifronte que mira los ocasos y las auroras daba horror a mi ensueño y a mi vigilia. Llegué a abominar de mi cuerpo, llegué a sentir que dos ojos, dos manos, dos pulmones, son tan monstruosos como dos caras. Un irlandés trató de convertirme a la fe de Jesús; me repetía la sentencia de los *góim:* Todos los caminos llevan a Roma. De noche, mi delirio se alimentaba de esa metáfora: yo sentía que el mundo es un laberinto, del cual era imposible huir, pues todos los caminos, aunque fingieran ir al norte o al sur, iban realmente a Roma, que era también la cárcel cuadrangular donde agonizaba mi hermano y la quinta de Triste-le-Roy. En esas noches yo juré por el dios que ve con dos caras y por todos los dioses de la fiebre y de los espejos tejer un laberinto

en torno del hombre que había encarcelado a mi hermano. Lo
he tejido y es firme: los materiales son un heresiólogo muerto,
una brújula, una secta del siglo XVII, una palabra griega, un
puñal, los rombos de una pinturería.

El primer término de la serie me fue dado por el azar. Yo
había tramado con algunos colegas —entre ellos, Daniel
Azevedo— el robo de los zafiros del Tetrarca. Azevedo
nos traicionó: se emborrachó con el dinero que le habíamos
adelantado y acometió la empresa el día antes. En el enorme
hotel se perdió; hacia las dos de la mañana irrumpió en el
dormitorio de Yarmolinsky. Éste, acosado por el insomnio,
se había puesto a escribir. Verosímilmente, redactaba unas
notas o un artículo sobre el Nombre de Dios; había escrito
ya las palabras *La primera letra del Nombre ha sido articulada.*
Azevedo le intimó silencio; Yarmolinsky alargó la mano
hacia el timbre que despertaría todas las fuerzas del hotel;
Azevedo le dio una sola puñalada en el pecho. Fue casi un
movimiento reflejo; medio siglo de violencia le había ense-
ñado que lo más fácil y seguro es matar... A los diez días yo
supe por la *Yidische Zaitung* que usted buscaba en los escritos de Yarmolinsky la clave de la muerte de Yarmolinsky.
Leí la *Historia de la secta de los Hasidim;* supe que el miedo
reverente de pronunciar el Nombre de Dios había originado
la doctrina de que ese Nombre es todopoderoso y recóndito.
Supe que algunos Hasidim, en busca de ese Nombre secreto,
habían llegado a cometer sacrificios humanos... Comprendí
que usted conjeturaba que los Hasidim habían sacrificado al
rabino; me dediqué a justificar esa conjetura.

Marcelo Yarmolinsky murió la noche del tres de diciembre; para el segundo «sacrificio» elegí la del tres de enero. Murió en el Norte; para el segundo «sacrificio» nos convenía un lugar del Oeste. Daniel Azevedo fue la víctima necesaria. Merecía la muerte: era un impulsivo, un traidor; su captura podía aniquilar todo el plan. Uno de los nuestros lo apuñaló; para vincular su cadáver al anterior, yo escribí encima de los rombos de la pinturería *La segunda letra del Nombre ha sido articulada*.

El tercer «crimen» se produjo el tres de febrero. Fue, como Treviranus adivinó, un mero simulacro. Gryphius-Ginzberg-Ginsburg soy yo; una semana interminable sobrellevé (suplementado por una tenue barba postiza) en ese perverso cubículo de la Rue de Toulon, hasta que los amigos me secuestraron. Desde el estribo del cupé, uno de ellos escribió en un pilar *La última de las letras del Nombre ha sido articulada*. Esa escritura divulgó que la serie de crímenes era *triple*. Así lo entendió el público; yo, sin embargo, intercalé repetidos indicios para que usted, el razonador Erik Lönnrot, comprendiera que es *cuádruple*. Un prodigio en el Norte, otros en el Este y en el Oeste, reclaman un cuarto prodigio en el Sur; el Tetragrámaton —el Nombre de Dios, JHVH— consta de *cuatro letras;* los arlequines y la muestra del pinturero sugieren *cuatro* términos. Yo subrayé cierto pasaje en el manual de Leusden; ese pasaje manifiesta que los hebreos computaban el día de ocaso a ocaso; ese pasaje da a entender que las muertes ocurrieron el *cuatro* de cada mes. Yo mandé el triángulo equilátero a Treviranus. Yo presentí que usted agregaría el punto que falta. El punto que determina un rombo perfecto, el punto que prefija el lugar donde una exacta muerte lo espera. Todo lo he premeditado, Erik Lönnrot, para atraerlo a usted a las soledades de Triste-le-Roy.

Lönnrot evitó los ojos de Scharlach. Miró los árboles y el cielo subdivididos en rombos turbiamente amarillos, verdes y rojos. Sintió un poco de frío y una tristeza impersonal, casi anónima. Ya era de noche; desde el polvoriento jardín subió el grito inútil de un pájaro. Lönnrot consideró por última vez el problema de las muertes simétricas y periódicas.

—En su laberinto sobran tres líneas —dijo por fin—. Yo sé de un laberinto griego que es una línea única, recta. En esa línea se han perdido tantos filósofos que bien puede perderse un mero *detective*. Scharlach, cuando en otro avatar usted me dé caza, finja (o cometa) un crimen en A, luego un segundo crimen en B, a 8 kilómetros de A, luego un tercer crimen en C, a 4 kilómettos de A y de B, a mitad de camino entre los dos. Aguárdeme después en D, a 2 kilómetros de A y de C, de nuevo a mitad de camino. Máteme en D, como ahora va a matarme en Triste-le-Roy.

—Para la otra vez que lo mate —replicó Scharlach— le prometo ese laberinto, que consta de una sola línea recta y que es invisible, incesante.

Retrocedió unos pasos. Después, muy cuidadosamente, hizo fuego.

1942

El milagro secreto

Y Dios lo hizo morir durante cien años
y luego lo animó y le dijo:
—¿Cuánto tiempo has estado aqui?
—Un día o parte de un día —respondió.
ALCORÁN, II, 261

La noche del catorce de marzo de 1939, en un departamento de la Zeltnergasse de Praga, Jaromir Hladík, autor de la inconclusa tragedia *Los enemigos*, de una *Vindicación de la eternidad* y de un examen de las indirectas fuentes judías de Jakob Boehme, soñó con un largo ajedrez. No lo disputaban dos individuos sino dos familias ilustres; la partida había sido entablada hace muchos siglos; nadie era capaz de nombrar el olvidado premio, pero se murmuraba que era enorme y quizá infinito; las piezas y el tablero estaban en una torre secreta; Jaromir (en el sueño) era el primogénito de una de las familias hostiles; en los relojes resonaba la hora de la impostergable jugada; el soñador corría por las arenas de un desierto lluvioso y no lograba recordar las figuras ni las leyes del ajedrez. En ese punto, se despertó. Cesaron los estruendos de la lluvia y de los terribles relojes. Un ruido acompasado y unánime, cortado por algunas voces de mando, subía de la Zeltnergasse. Era el amanecer; las blindadas vanguardias del Tercer Reich entraban en Praga.

El diecinueve, las autoridades recibieron una denuncia; el mismo diecinueve, al atardecer, Jaromir Hladík fue arrestado. Lo condujeron a un cuartel aséptico y blanco, en la ribera opuesta del Moldau. No pudo levantar uno solo de los cargos de la Gestapo: su apellido materno era Jaroslavski, su sangre era judía, su estudio sobre Boehme era judaizante, su firma dilataba el censo final de una protesta contra el Anschluss. En 1928 había traducido el *Sepher Yezirah* para la editorial Hermann Barsdorf; el efusivo catálogo de esa casa había exagerado comercialmente el renombre del traductor; ese catálogo fue hojeado por Julius Rothe, uno de los jefes en cuyas manos estaba la suerte de Hladík. No hay hombre que, fuera de su especialidad, no sea crédulo: dos o tres adjetivos en letra gótica bastaron para que Julius Rothe admitiera la preeminencia de Hladík y dispusiera que lo condenaran a muerte, *pour encourager les autres*. Se fijó el día veintinueve de marzo, a las nueve a.m. Esa demora (cuya importancia apreciará después el lector) se debía al deseo administrativo de obrar impersonal y pausadamente, como los vegetales y los planetas.

El primer sentimiento de Hladík fue de mero terror. Pensó que no lo hubieran arredrado la horca, la decapitación o el degüello, pero que morir fusilado era intolerable. En vano se redijo que el acto puro y general de morir era lo temible, no las circunstancias concretas. No se cansaba de imaginar esas circunstancias: absurdamente procuraba agotar todas las variaciones. Anticipaba infinitamente el proceso, desde el insomne amanecer hasta la misteriosa descarga. Antes del día prefijado por Julius Rothe, murió centenares de muertes, en patios cuyas formas y cuyos ángulos fatigaban la geometría, ametrallado por soldados variables, en número cambiante, que a veces lo ultimaban desde lejos; otras, desde muy cerca. Afrontaba con verdadero temor (quizá con verdadero coraje) esas ejecuciones imaginarias; cada simulacro duraba unos pocos segundos; cerrado el círculo, Jaromir interminablemente volvía a las trémulas vísperas de su muerte. Luego reflexionó que la realidad no suele coincidir con las previsiones; con lógica perversa infirió que prever un detalle circunstancial es impedir que éste suceda. Fiel a esa débil magia, inventaba, *para que no sucedieran,* rasgos atroces; naturalmente, acabó por temer que esos rasgos fueran proféticos. Miserable en la noche, procuraba afirmarse de algún modo en la sustancia fugitiva del tiempo. Sabía que éste se precipitaba hacia el alba del día veintinueve; razonaba en voz alta: *Ahora estoy en la noche del veintidós; mientras dure esta noche (y seis noches más) soy invulnerable, inmortal.* Pensaba que las noches de sueño eran piletas hondas y oscuras en las que podía sumergirse.

A veces anhelaba con impaciencia la definitiva descarga, que lo redimiría, mal o bien, de su vana tarea de imaginar. El veintiocho, cuando el último ocaso reverberaba en los altos barrotes, lo desvió de esas consideraciones abyectas la imagen de su drama *Los enemigos*.

Hladík había rebasado los cuarenta años. Fuera de algunas amistades y de muchas costumbres, el problemático ejercicio de la literatura constituía su vida; como todo escritor, medía las virtudes de los otros por lo ejecutado por ellos y pedía que los otros lo midieran por lo que vislumbraba o planeaba. Todos los libros que había dado a la estampa le infundían un complejo arrepentimiento. En sus exámenes de la obra de Boehme, de Abnesra y de Flood, había intervenido esencialmente la mera aplicación; en su traducción del *Sepher Yezirah*, la negligencia, la fatiga y la conjetura. Juzgaba menos deficiente, tal vez, la *Vindicación de la eternidad:* el primer volumen historia las diversas eternidades que han ideado los hombres, desde el inmóvil Ser de Parménides hasta el pasado modificable de Hinton; el segundo niega (con Francis Bradley) que todos los hechos del universo integran una serie temporal. Arguye que no es infinita la cifra de las posibles experiencias del hombre y que basta una sola «repetición» para demostrar que el tiempo es una falacia... Desdichadamente, no son menos falaces los argumentos que demuestran esa falacia; Hladík solía recorrerlos con cierta desdeñosa perplejidad. También había redactado una serie de poemas expresionistas; éstos, para confusión del poeta, figuraron en una antología de 1924 y no hubo antología

posterior que no los heredara. De todo ese pasado equívoco
y lánguido quería redimirse Hladík con el drama en verso
Los enemigos. (Hladík preconizaba el verso, porque impide
que los espectadores olviden la irrealidad, que es condición
del arte.)

Este drama observaba las unidades de tiempo, de lugar
y de acción; transcurría en Hradcany, en la biblioteca del
barón de Roemerstadt, en una de las últimas tardes del siglo
diecinueve. En la primera escena del primer acto, un desconocido visita a Roemerstadt. (Un reloj da las siete, una
vehemencia de último sol exalta los cristales, el aire trae una
apasionada y reconocible música húngara.) A esta visita
siguen otras; Roemerstadt no conoce las personas que lo
importunan, pero tiene la incómoda impresión de haberlos
visto ya, tal vez en un sueño. Todos exageradamente lo ha-
lagan, pero es notorio—primero para los espectadores del
drama, luego para el mismo barón—que son enemigos secretos, conjurados para perderlo. Roemerstadt logra dete-
ner o burlar sus complejas intrigas; en el diálogo, aluden a
su novia, Julia de Weidenau, y a un tal Jaroslav Kubin, que
alguna vez la importunó con su amor. Éste, ahora, se ha enloquecido y cree ser Roemerstadt... Los peligros arrecian;
Roemerstadt, al cabo del segundo acto, se ve en la obligación de matar a un conspirador. Empieza el tercer acto, el
último. Crecen gradualmente las incoherencias: vuelven actores que parecían descartados ya de la trama; vuelve, por
un instante, el hombre matado por Roemerstadt. Alguien
hace notar que no ha atardecido: el reloj da las siete, en los

altos cristales reverbera el sol occidental, el aire trae una apasionada música húngara. Aparece el primer interlocutor y repite las palabras que pronunció en la primera escena del primer acto. Roemerstadt le habla sin asombro; el espectador entiende que Roemerstadt es el miserable Jaroslav Kubin. El drama no ha ocurrido: es el delirio circular que interminablemente vive y revive Kubin.

Nunca se había preguntado Hladík si esa tragicomedia de errores era baladí o admirable, rigurosa o casual. En el argumento que he bosquejado intuía la invención más apta para disimular sus defectos y para ejercitar sus felicidades, la posibilidad de rescatar (de manera simbólica) lo fundamental de su vida. Había terminado ya el primer acto y alguna escena del tercero; el carácter métrico de la obra le permitía examinarla continuamente, rectificando los hexámetros, sin el manuscrito a la vista. Pensó que aún le faltaban dos actos y que muy pronto iba a morir. Habló con Dios en la oscuridad. *Si de algún modo existo, si no soy una de tus repeticiones y erratas, existo como autor de* Los enemigos. *Para llevar a término ese drama, que puede justificarme y justificarte, requiero un año más. Otórgame esos días, Tú de Quien son los siglos y el tiempo.* Era la última noche, la más atroz, pero diez minutos después el sueño lo anegó como un agua oscura.

Hacia el alba, soñó que se había ocultado en una de las naves de la biblioteca del Clementinum. Un bibliotecario de gafas negras le preguntó: *¿Qué busca?* Hladík le replicó: *Busco a Dios.* El bibliotecario le dijo: *Dios está en una de las letras de una de las páginas de uno de los cuatrocientos mil* *tomos del Clementinum. Mis padres y los padres de mis padres han buscado esa letra; yo me he quedado ciego buscándola.* Se quitó las gafas y Hladík vio los ojos, que estaban muertos. Un lector entró a devolver un atlas. *Este atlas es inútil,* dijo, y se lo dio a Hladík. Éste lo abrió al azar. Vio un mapa de la India, vertiginoso. Bruscamente seguro, tocó una de las mínimas letras. Una voz ubicua le dijo: *El tiempo de tu labor ha sido otorgado.* Aquí Hladík se despertó.

Recordó que los sueños de los hombres pertenecen a Dios y que Maimónides ha escrito que son divinas las palabras de un sueño, cuando son distintas y claras y no se puede ver quién las dijo. Se vistió; dos soldados entraron en la celda y le ordenaron que los siguiera.

Del otro lado de la puerta, Hladík había previsto un laberinto de galerías, escaleras y pabellones. La realidad fue menos rica: bajaron a un traspatio por una sola escalera de fierro. Varios soldados —alguno de uniforme desabrochado— revisaban una motocicleta y la discutían. El sargento miró el reloj: eran las ocho y cuarenta y cuatro minutos. Había que esperar que dieran las nueve. Hladík, más insignificante que desdichado, se sentó en un montón de leña. Advirtió que los ojos de los soldados rehuían los suyos. Para aliviar la espera, el sargento le entregó un cigarrillo. Hladík no fumaba; lo aceptó por cortesía o por humildad. Al encenderlo, vio que le temblaban las manos. El día se nubló; los soldados hablaban en voz baja como si él ya estuviera muerto. Vanamente, procuró recordar a la mujer cuyo símbolo era Julia de Weidenau...

El piquete se formó, se cuadró. Hladík, de pie contra la

pared del cuartel, esperó la descarga. Alguien temió que la pared quedara maculada de sangre; entonces le ordenaron al reo que avanzara unos pasos. Hladík, absurdamente, recordó las vacilaciones preliminares de los fotógrafos. Una pesada gota de lluvia rozó una de las sienes de Hladík y rodó lentamente por su mejilla; el sargento vociferó la orden final.

El universo físico se detuvo.

Las armas convergían sobre Hladík, pero los hombres que iban a matarlo estaban inmóviles. El brazo del sargento eternizaba un ademán inconcluso. En una baldosa del patio una abeja proyectaba una sombra fija. El viento había cesado, como en un cuadro. Hladík ensayó un grito, una sílaba, la torsión de una mano. Comprendió que estaba paralizado. No le llegaba ni el más tenue rumor del impedido mundo. Pensó *estoy en el infierno, estoy muerto*. Pensó *estoy loco*. Pensó *el tiempo se ha detenido*. Luego reflexionó que en tal caso, también se hubiera detenido su pensamiento. Quiso ponerlo a prueba: repitió (sin mover los labios) la misteriosa cuarta égloga de Virgilio. Imaginó que los ya remotos soldados compartían su angustia; anheló comunicarse con ellos. Le asombró no sentir ninguna fatiga, ni siquiera el vértigo de su larga inmovilidad. Durmió, al cabo de un plazo indeterminado. Al despertar, el mundo seguía inmóvil y sordo. En su mejilla perduraba la gota de agua; en el patio, la sombra de la abeja, el humo del cigarrillo que había tirado no acababa nunca de dispersarse. Otro «día» pasó, antes que Hladík entendiera.

Un año entero había solicitado de Dios para terminar su labor: un año le otorgaba su omnipotencia. Dios operaba para él un milagro secreto: lo mataría el plomo germánico, en la hora determinada, pero en su mente un año trascurría entre la orden y la ejecución de la orden. De la perplejidad pasó al estupor, del estupor a la resignación, de la resignación a la súbita gratitud.

No disponía de otro documento que la memoria; el aprendizaje de cada hexámetro que agregaba le impuso un afortunado rigor que no sospechan quienes aventuran y olvidan párrafos interinos y vagos. No trabajó para la posteridad ni aun para Dios, de cuyas preferencias literarias poco sabía. Minucioso, inmóvil, secreto, urdió en el tiempo su alto laberinto invisible. Rehízo el tercer acto dos veces. Borró algún símbolo demasiado evidente: las repetidas campanadas, la música. Ninguna circunstancia lo importunaba. Omitió, abrevió, amplificó; en algún caso, optó por la versión primitiva. Llegó a querer el patio, el cuartel; uno de los rostros que lo enfrentaban modificó su concepción del carácter de Roemerstadt. Descubrió que las arduas cacofonías que alarmaron tanto a Flaubert son meras supersticiones visuales: debilidades y molestias de la palabra escrita, no de la palabra sonora... Dio término a su drama: no le faltaba ya resolver sino un solo epíteto. Lo encontró; la gota de agua resbaló en su mejilla. Inició un grito enloquecido, movió la cara, la cuádruple descarga lo derribó.

Jaromir Hladík murió el veintinueve de marzo, a las nueve y dos minutos de la mañana.

1943

Tres versiones de Judas

There seemed a certainty in degradation.

T. E. LAWRENCE: *SEVEN PILLARS OF WISDOM,* CIII.

En el Asia Menor o en Alejandría, en el segundo siglo de nuestra fe, cuando Basílides publicaba que el cosmos era una temeraria o malvada improvisación de ángeles deficientes, Nils Runeberg hubiera dirigido, con singular pasión intelectual, uno de los conventículos gnósticos. Dante le hubiera destinado, tal vez, un sepulcro de fuego; su nombre aumentaría los catálogos de heresiarcas menores, entre Satornilo y Carpócrates; algún fragmento de sus prédicas, exornado de injurias, perduraría en el apócrifo *Liber adversus omnes haereses* o habría perecido cuando el incendio de una biblioteca monástica devoró el último ejemplar del *Syntagma*. En cambio, Dios le deparó el siglo xx y la ciudad universitaria de Lund. Ahí, en 1904, publicó la primera edición de *Kristus och Judas;* ahí, en 1909, su libro capital *Den hemlige Frälsaren.* (Del último hay versión alemana, ejecutada en 1912 por Emil Schering; se llama *Der heimliche Heiland.*)

Antes de ensayar un examen de los precitados trabajos, urge repetir que Nils Runeberg, miembro de la Unión Evangélica Nacional, era hondamente religioso. En un cenáculo de París o aun de Buenos Aires, un literato podría muy bien redescubrir las tesis de Runeberg; esas tesis, propuestas en un cenáculo, serán ligeros ejercicios inútiles de la negligencia o de la blasfemia. Para Runeberg, fueron la clave que descifra un misterio central de la teología; fueron materia de meditación y de análisis, de controversia histórica y filológica, de soberbia, de júbilo y de terror. Justificaron y desbarataron su vida. Quienes recorran este artículo, deben asimismo considerar que no registra sino las conclusiones de Runeberg, no su dialéctica y sus pruebas. Alguien observará que la conclusión precedió sin duda a las «pruebas». ¿Quién se resigna a buscar pruebas de algo no creído por él o cuya prédica no le importa?

La primera edición de *Kristus och Judas* lleva este categórico epígrafe, cuyo sentido, años después, monstruosamente dilataría el propio Nils Runeberg: *No una cosa, todas las cosas que la tradición atribuye a Judas Iscariote son falsas* (De Quincey, 1857). Precedido por algún alemán, De Quincey especuló que Judas entregó a Jesucristo para forzarlo a declarar su divinidad y a encender una vasta rebelión contra el yugo de Roma; Runeberg sugiere una vindicación de índole metafísica. Hábilmente, empieza por destacar la superfluidad del acto de Judas. Observa (como Robertson) que para identificar a un maestro que diariamente predicaba en la sinagoga y que obraba milagros ante concursos de miles de hombres, no se requiere la traición de un apóstol. Ello, sin embargo, ocurrió. Suponer un error en la Escritura es intolerable; no menos intolerable es admitir un hecho casual en el más precioso acontecimiento de la historia del mundo. *Ergo,* la traición de Judas no fue casual; fue un hecho prefijado que tiene su lugar misterioso en la economía de la redención. Prosigue Runeberg: El Verbo, cuando fue hecho carne, pasó de la ubicuidad al espacio, de la eternidad a la historia, de la dicha sin límites a la mutación y a la muerte; para corresponder a tal sacrificio, era necesario que un hombre, en representación de todos los hombres, hiciera un sacrificio condigno. Judas Iscariote fue ese hombre. Judas, único entre los apóstoles, intuyó la secreta divinidad y el terrible propósito de Jesús. El Verbo se había rebajado a mortal; Judas, discípulo del Verbo, podía rebajarse a delator (el peor delito que la infamia soporta) y a ser huésped del fuego que no se apaga. El orden inferior es un espejo del orden superior; las formas de la tierra corresponden a las formas del cielo; las manchas de la piel son un mapa de las incorruptibles constelaciones; Judas refleja de algún modo a Jesús. De ahí los treinta dineros y el beso; de ahí la muerte voluntaria, para merecer aún más la Reprobación. Así dilucidó Nils Runeberg el enigma de Judas.

Los teólogos de todas las confesiones lo refutaron. Lars Peter Engström lo acusó de ignorar, o de preterir, la unión

hipostática; Axel Borelius, de renovar la herejía de los doce-
tas, que negaron la humanidad de Jesús; el acerado obispo
de Lund, de contradecir el tercer versículo del capítulo veintidós del evangelio de San Lucas.

Estos variados anatemas influyeron en Runeberg, que
parcialmente reescribió el reprobado libro y modificó su
doctrina. Abandonó a sus adversarios el terreno teológico
y propuso oblicuas razones de orden moral. Admitió que
Jesús, «que disponía de los considerables recursos que la
Omnipotencia puede ofrecer», no necesitaba de un hombre
para redimir a todos los hombres. Rebatió, luego, a quienes
afirman que nada sabemos del inexplicable traidor; sabemos, dijo, que fue uno de los apóstoles, uno de los elegidos
para anunciar el reino de los cielos, para sanar enfermos,
para limpiar leprosos, para resucitar muertos y para echar
fuera demonios (Mateo 10: 7–8; Lucas 9: 1). Un varón a
quien ha distinguido así el Redentor merece de nosotros la
mejor interpretación de sus actos. Imputar su crimen a la
codicia (como lo han hecho algunos, alegando a Juan 12:
6) es resignarse al móvil más torpe. Nils Runeberg propone el móvil contrario: un hiperbólico y hasta ilimitado
ascetismo. El asceta, para mayor gloria de Dios, envilece
y mortifica la carne; Judas hizo lo propio con el espíritu.
Renunció al honor, al bien, a la paz, al reino de los cielos,
como otros, menos heroicamente, al placer[1]. Premeditó con

---

[1] Borelius interroga con burla: *¿Por qué no renunció a renunciar? ¿Por qué
no a renunciar a renunciar?*

lucidez terrible sus culpas. En el adulterio suelen participar la ternura y la abnegación; en el homicidio, el coraje; en las profanaciones y la blasfemia, cierto fulgor satánico. Judas eligió aquellas culpas no visitadas por ninguna virtud: el abuso de confianza (Juan 12: 6) y la delación. Obró con gigantesca humildad, se creyó indigno de ser bueno. Pablo ha escrito: *El que se gloría, gloríese en el Señor* (I Corintios 1: 31); Judas buscó el Infierno, porque la dicha del Señor le bastaba. Pensó que la felicidad, como el bien, es un atributo divino y que no deben usurparlo los hombres[2].

Muchos han descubierto, *post factum*, que en los justificables comienzos de Runeberg está su extravagante fin y que *Den hemlige Frälsaren* es una mera perversión o exasperación de *Kristus och Judas*. A fines de 1907, Runeberg terminó y revisó el texto manuscrito; casi dos años transcurrieron sin que lo entregara a la imprenta. En octubre de 1909, el libro apareció con un prólogo (tibio hasta lo enigmático) del hebraísta dinamarqués Erik Erfjord y con este pérfido epígrafe: *En el mundo estaba y el mundo fue hecho por él, y el*

---

[2] Euclides da Cunha, en un libro ignorado por Runeberg, anota que para el heresiarca de Canudos, Antonio Conselheiro, la virtud «era una casi impiedad». El lector argentino recordará pasajes análogos en la obra de Almafuerte. Runeberg publicó, en la hoja simbólica *Sju insegel*, un asiduo poema descriptivo, *El agua secreta;* las primeras estrofas narran los hechos de un tumultuoso día; las últimas, el hallazgo de un estanque glacial; el poeta sugiere que la perduración de esa agua silenciosa corrige nuestra inútil violencia y de algún modo la permite y la absuelve. El poema concluye así: *El agua de la selva es feliz; podemos ser malvados y dolorosos.*

mundo no lo conoció (Juan 1: 10). El argumento general no es complejo, si bien la conclusión es monstruosa. Dios, arguye Nils Runeberg, se rebajó a ser hombre para la redención del género humano; cabe conjeturar que fue perfecto el sacrificio obrado por él, no invalidado o atenuado por omisiones. Limitar lo que padeció a la agonía de una tarde en la cruz es blasfematorio[3]. Afirmar que fue hombre y que fue incapaz de pecado encierra contradicción; los atributos de *impeccabilitas* y de *humanitas* no son compatibles. Kemnitz admite que el Redentor pudo sentir fatiga, frío, turbación, hambre y sed; también cabe admitir que pudo pecar y perderse. El famoso texto *Brotará como raíz de tierra sedienta; no hay buen parecer en él, ni hermosura; despreciado y el último de los hombres; varón de dolores, experimentado en quebrantos* (Isaías 53: 2–3), es para muchos una previsión del crucificado, en la hora de su muerte; para algunos (verbigracia, Hans Lassen Martensen), una refutación de la hermosura que el consenso vulgar atribuye a Cristo; para Runeberg, la puntual profecía no de un momento sino de todo el atroz porvenir, en

---

[3] Maurice Abramowicz observa: «Jésus, d'après ce scandinave, a toujours le beau rôle; ses déboires, grace à la science des typographes, jouissent d'une réputation polyglotte; sa résidence de trente-trois ans parmi les humains ne fut, en somme, qu'une villégiature». Erfjord, en el tercer apéndice de la *Christelige Dogmatik*, refuta ese pasaje. Anota que la crucifixión de Dios no ha cesado, porque lo acontecido una sola vez en el tiempo se repite sin tregua en la eternidad. Judas, *ahora*, sigue cobrando las monedas de plata; sigue besando a Jesucristo; sigue arrojando las monedas de plata en el templo; sigue anudando el lazo de la cuerda en el campo de sangre. (Erfjord, para justificar esa afirmación, invoca el último capítulo del primer tomo de la *Vindicación de la eternidad*, de Jaromir Hladík.)

el tiempo y en la eternidad, del Verbo hecho carne. Dios totalmente se hizo hombre pero hombre hasta la infamia, hombre hasta la reprobación y el abismo. Para salvarnos, pudo elegir *cualquiera* de los destinos que traman la perpleja red de la historia; pudo ser Alejandro o Pitágoras o Rurik o Jesús; eligió un ínfimo destino: fue Judas.

En vano propusieron esa revelación las librerías de Estocolmo y de Lund. Los incrédulos la consideraron, *a priori*, un insípido y laborioso juego teológico; los teólogos la desdeñaron. Runeberg intuyó en esa indiferencia ecuménica una casi milagrosa confirmación. Dios ordenaba esa indiferencia; Dios no quería que se propalara en la tierra Su terrible secreto. Runeberg comprendió que no era llegada la hora. Sintió que estaban convergiendo sobre él antiguas maldiciones divinas; recordó a Elías y a Moisés, que en la montaña se taparon la cara para no ver a Dios; a Isaías, que se aterró cuando sus ojos vieron a Aquel cuya gloria llena la tierra; a Saúl, cuyos ojos quedaron ciegos en el camino de Damasco; al rabino Simeón ben Azaí, que vio el Paraíso y murió; al famoso hechicero Juan de Viterbo, que enloqueció cuando pudo ver a la Trinidad; a los Midrashim, que abominan de los impíos que pronuncian el *Shem Hamephorash*, el Secreto Nombre de Dios. ¿No era él, acaso, culpable de ese crimen oscuro? ¿No sería ésa la blasfemia contra el Espíritu, la que no será perdonada (Mateo 12: 31)? Valerio Sorano murió por haber divulgado el oculto nombre de Roma; ¿qué infinito castigo sería el suyo, por haber descubierto y divulgado el horrible nombre de Dios?

Ebrio de insomnio y de vertiginosa dialéctica, Nils Runeberg erró por las calles de Malmö, rogando a voces que le fuera deparada la gracia de compartir con el Redentor el Infierno.

Murió de la rotura de un aneurisma, el primero de marzo de 1912. Los heresiólogos tal vez lo recordarán; agregó al concepto del Hijo, que parecía agotado, las complejidades del mal y del infortunio.

1944

El fin

Recabarren, tendido, entreabrió los ojos y vio el oblicuo
cielo raso de junco. De la otra pieza le llegaba un rasgueo de
guitarra, una suerte de pobrísimo laberinto que se enredaba
y desataba infinitamente... Recobró poco a poco la realidad,
las cosas cotidianas que ya no cambiaría nunca por otras.
Miró sin lástima su gran cuerpo inútil, el poncho de lana
ordinaria que le envolvía las piernas. Afuera, más allá de
los barrotes de la ventana, se dilataban la llanura y la tarde;
había dormido, pero aún quedaba mucha luz en el cielo.
Con el brazo izquierdo tanteó, hasta dar con un cencerro de
bronce que había al pie del catre. Una o dos veces lo agitó;
del otro lado de la puerta seguían llegándole los modestos
acordes. El ejecutor era un negro que había aparecido una
noche con pretensiones de cantor y que había desafiado a
otro forastero a una larga payada de contrapunto. Vencido,
seguía frecuentando la pulpería, como a la espera de alguien.

Se pasaba las horas con la guitarra, pero no había vuelto a cantar; acaso la derrota lo había amargado. La gente ya se había acostumbrado a ese hombre inofensivo. Recabarren, patrón de la pulpería, no olvidaría ese contrapunto; al día siguiente, al acomodar unos tercios de yerba, se le había muerto bruscamente el lado derecho y había perdido el habla. A fuerza de apiadarnos de las desdichas de los héroes de las novelas concluimos apiadándonos con exceso de las desdichas propias; no así el sufrido Recabarren, que aceptó la parálisis como antes había aceptado el rigor y las soledades de América. Habituado a vivir en el presente, como los animales, ahora miraba el cielo y pensaba que el cerco rojo de la luna era señal de lluvia.

Un chico de rasgos aindiados (hijo suyo, tal vez) entreabrió la puerta. Recabarren le preguntó con los ojos si había algún parroquiano. El chico, taciturno, le dijo por señas que no; el negro no contaba. El hombre postrado se quedó solo; su mano izquierda jugó un rato con el cencerro, como si ejerciera un poder.

La llanura, bajo el último sol, era casi abstracta, como vista en un sueño. Un punto se agitó en el horizonte y creció hasta ser un jinete, que venía, o parecía venir, a la casa. Recabarren vio el chambergo, el largo poncho oscuro, el caballo moro, pero no la cara del hombre, que, por fin, sujetó el galope y vino acercándose al trotecito. A unas doscientas varas dobló. Recabarren no lo vio más pero lo oyó chistar, apearse, atar el caballo al palenque y entrar con paso firme en la pulpería.

Sin alzar los ojos del instrumento, donde parecía buscar algo, el negro dijo con dulzura:

—Ya sabía yo, señor, que podía contar con usted.

El otro, con voz áspera, replicó:

—Y yo con vos, moreno. Una porción de días te hice esperar, pero aquí he venido.

Hubo un silencio. Al fin, el negro respondió:

—Me estoy acostumbrando a esperar. He esperado siete años.

El otro explicó sin apuro:

—Más de siete años pasé yo sin ver a mis hijos. Los encontré ese día y no quise mostrarme como un hombre que anda a las puñaladas.

—Ya me hice cargo —dijo el negro—. Espero que los dejó con salud.

El forastero, que se había sentado en el mostrador, se rió de buena gana. Pidió una caña y la paladeó sin concluirla.

—Les di buenos consejos —declaró—, que nunca están de más y no cuestan nada. Les dije, entre otras cosas, que el hombre no debe derramar la sangre del hombre.

Un lento acorde precedió la respuesta del negro:

—Hizo bien. Así no se parecerán a nosotros.

—Por lo menos a mí —dijo el forastero y añadió como si pensara en voz alta—: Mi destino ha querido que yo matara y ahora, otra vez, me pone el cuchillo en la mano.

El negro, como si no lo oyera, observó:

—Con el otoño se van acortando los días.

—Con la luz que queda me basta —replicó el otro, poniéndose de pie.

Se cuadró ante el negro y le dijo como cansado:

—Dejá en paz la guitarra, que hoy te espera otra clase de contrapunto.

Los dos se encaminaron a la puerta. El negro, al salir, murmuró:

—Tal vez en éste me vaya tan mal como en el primero.

El otro contestó con seriedad:

—En el primero no te fue mal. Lo que pasó es que andabas ganoso de llegar al segundo.

Se alejaron un trecho de las casas, caminando a la par. Un lugar de la llanura era igual a otro y la luna resplandecía. De pronto se miraron, se detuvieron y el forastero se quitó las espuelas. Ya estaban con el poncho en el antebrazo, cuando el negro dijo:

—Una cosa quiero pedirle antes que nos trabemos. Que en este encuentro ponga todo su coraje y toda su maña, como en aquel otro de hace siete años, cuando mató a mi hermano.

Acaso por primera vez en su diálogo, Martín Fierro oyó el odio. Su sangre lo sintió como un acicate. Se entreveraron y el acero filoso rayó y marcó la cara del negro.

Hay una hora de la tarde en que la llanura está por decir algo; nunca lo dice o tal vez lo dice infinitamente y no lo entendemos, o lo entendemos pero es intraducible como una música... Desde su catre, Recabarren vio el fin. Una embestida y el negro reculó, perdió pie, amagó un hachazo a la cara y se tendió en una puñalada profunda, que penetró en el vientre. Después vino otra que el pulpero no alcanzó a precisar y Fierro no se levantó. Inmóvil, el negro parecía vigilar su agonía laboriosa. Limpió el facón ensangrentado en el pasto y volvió a las casas con lentitud, sin mirar para atrás. Cumplida su tarea de justiciero, ahora era nadie. Mejor dicho era el otro: no tenía destino sobre la tierra y había matado a un hombre.

La secta del Fénix

Quienes escriben que la secta del Fénix tuvo su origen en Heliópolis, y la derivan de la restauración religiosa que sucedió a la muerte del reformador Amenophis IV, alegan textos de Heródoto, de Tácito y de los monumentos egipcios, pero ignoran, o quieren ignorar, que la denominación por el Fénix no es anterior a Hrabano Mauro y que las fuentes más antiguas (las *Saturnales* o Flavio Josefo, digamos) sólo hablan de la Gente de la Costumbre o de la Gente del Secreto. Ya Gregorovius observó, en los conventículos de Ferrara, que la mención del Fénix era rarísima en el lenguaje oral; en Ginebra he tratado con artesanos que no me comprendieron cuando inquirí si eran hombres del Fénix, pero que admitieron, acto continuo, ser hombres del Secreto. Si no me engaño, igual cosa acontece con los budistas; el nombre por el cual los conoce el mundo no es el que ellos pronuncian.

Miklosich, en una página demasiado famosa, ha equiparado los sectarios del Fénix a los gitanos. En Chile y en Hungría hay gitanos y también hay sectarios, fuera de esa especie de ubicuidad, muy poco tienen en común unos y otros. Los gitanos son chalanes, caldereros, herreros y decidores de la buenaventura; los sectarios suelen ejercer felizmente las profesiones liberales. Los gitanos configuran un tipo físico y hablan, o hablaban, un idioma secreto; los sectarios se confunden con los demás y la prueba es que no han sufrido persecuciones. Los gitanos son pintorescos e inspiran a los malos poetas; los romances, los cromos y los boleros omiten a los sectarios... Martín Buber declara que los judíos son esencialmente patéticos; no todos los sectarios lo son y algunos abominan del patetismo; esta pública y notoria verdad basta para refutar el error vulgar (absurdamente defendido por Urmann) que ve en el Fénix una derivación de Israel. La gente más o menos discurre así: Urmann era un hombre sensible; Urmann era judío; Urmann frecuentó a los sectarios en la judería de Praga; la afinidad que Urmann sintió prueba un hecho real. Sinceramente, no puedo convenir con ese dictamen. Que los sectarios en un medio judío se parezcan a los judíos no prueba nada; lo innegable es que se parecen, como el infinito Shakespeare de Hazlitt, a todos los hombres del mundo. Son todo para todos, como el Apóstol; días pasados el doctor Juan Francisco Amaro, de Paysandú, ponderó la facilidad con que se acriollaban.

He dicho que la historia de la secta no registra persecuciones. Ello es verdad, pero como no hay grupo humano en que no figuren partidarios del Fénix, también es cierto que no hay persecución o rigor que éstos no hayan sufrido y ejecutado. En las guerras occidentales y en las remotas guerras del Asia han vertido su sangre secularmente, bajo banderas enemigas; de muy poco les vale identificarse con todas las naciones del orbe.

Sin un libro sagrado que los congregue como la Escritura a Israel, sin una memoria común, sin esa otra memoria que es un idioma, desparramados por la faz de la tierra, diversos de color y de rasgos, una sola cosa —el Secreto— los une y los unirá hasta el fin de sus días. Alguna vez, además del Secreto hubo una leyenda (y quizá un mito cosmogónico), pero los superficiales hombres del Fénix la han olvidado y hoy sólo guardan la oscura tradición de un castigo. De un castigo, de un pacto o de un privilegio, porque las versiones difieren y apenas dejan entrever el fallo de un Dios que asegura a una estirpe la eternidad, si sus hombres, generación tras generación, ejecutan un rito. He compulsado los informes de los viajeros, he conversado con patriarcas y teólogos; puedo dar fe de que el cumplimiento del rito es la única práctica religiosa que observan los sectarios. El rito constituye el Secreto. Éste, como ya indiqué, se transmite de generación en generación, pero el uso no quiere que las madres lo enseñen a los hijos, ni tampoco los sacerdotes; la iniciación en el misterio es tarea de los individuos más bajos. Un esclavo, un leproso o un pordiosero hacen de mistagogos. También un niño puede adoctrinar a otro niño. El acto en sí es trivial, momentáneo y no requiere descripción. Los materiales son el corcho, la cera o la goma arábiga. (En la liturgia se habla de légamo; éste suele usarse también.) No hay templos dedicados especialmente a la celebración de este culto, pero una ruina, un sótano o un zaguán se juzgan lugares propicios. El Secreto es sagrado pero no deja de ser un poco ridículo; su ejercicio es furtivo y aun clandestino y los adeptos no hablan de él. No hay palabras decentes para nombrarlo, pero se entiende que todas las palabras lo nombran o, mejor dicho, que inevitablemente lo aluden, y así, en el diálogo yo he dicho una cosa cualquiera y los adeptos han sonreído o se han puesto incómodos, porque sintieron que yo había tocado el Secreto. En las literaturas germánicas hay poemas escritos por sectarios, cuyo sujeto nominal es el mar o el crepúsculo de la noche; son, de algún modo símbolos del Secreto, oigo repetir. *Orbis terrarum est speculum Ludi* reza un adagio apócrifo que Du Cange registró en su Glosario. Una suerte de horror sagrado impide a algunos fieles la ejecución del simplísimo rito; los otros los desprecian, pero ellos se desprecian aún más. Gozan de mucho crédito, en cambio, quienes deliberadamente renuncian a la Costumbre y logran un comercio directo con la divinidad; éstos, para manifestar ese comercio, lo hacen con figuras de la liturgia y así John of the Rood escribió:

SEPAN LOS NUEVE FIRMAMENTOS QUE EL DIOS
ES DELEITABLE COMO EL CORCHO Y EL CIENO.

He merecido en tres continentes la amistad de muchos devotos del Fénix; me consta que el secreto, al principio, les pareció baladí, penoso, vulgar y (lo que aún es más extraño) increíble. No se avenían a admitir que sus padres se hubieran rebajado a tales manejos. Lo raro es que el Secreto no se haya perdido hace tiempo; a despecho de las vicisitudes del orbe, a despecho de las guerras y de los éxodos, llega, tremendamente, a todos los fieles. Alguien no ha vacilado en afirmar que ya es instintivo.

El Sur

El hombre que desembarcó en Buenos Aires en 1871 se llamaba Johannes Dahlmann y era pastor de la iglesia evangélica; en 1939, uno de sus nietos, Juan Dahlmann, era secretario de una biblioteca municipal en la calle Córdoba y se sentía hondamente argentino. Su abuelo materno había sido aquel Francisco Flores, del 2 de infantería de línea, que murió en la frontera de Buenos Aires, lanceado por indios de Catriel; en la discordia de sus dos linajes, Juan Dahlmann (tal vez a impulsos de la sangre germánica) eligió el de ese antepasado romántico, o de muerte romántica. Un estuche con el daguerrotipo de un hombre inexpresivo y barbado, una vieja espada, la dicha y el coraje de ciertas músicas, el hábito de estrofas del *Martín Fierro*, los años, el desgano y la soledad, fomentaron ese criollismo algo voluntario, pero nunca ostentoso. A costa de algunas privaciones, Dahlmann había logrado salvar el casco de una estancia en

el Sur, que fue de los Flores; una de las costumbres de su
memoria era la imagen de los eucaliptos balsámicos y de la
larga casa rosada que alguna vez fue carmesí. Las tareas
y acaso la indolencia lo retenían en la ciudad. Verano tras
verano se contentaba con la idea abstracta de posesión y
con la certidumbre de que su casa estaba esperándolo, en un
sitio preciso de la llanura. En los últimos días de febrero de
1939, algo le aconteció.

Ciego a las culpas, el destino puede ser despiadado con
las mínimas distracciones. Dahlmann había conseguido, esa
tarde, un ejemplar descabalado de las *Mil y una noches*, de
Weil; ávido de examinar ese hallazgo, no esperó que bajara
el ascensor y subió con apuro las escaleras; algo en la oscuridad le rozó la frente ¿un murciélago, un pájaro? En la
cara de la mujer que le abrió la puerta vio grabado el horror,
y la mano que se pasó por la frente salió roja de sangre. La
arista de un batiente recién pintado que alguien se olvidó de
cerrar le habría hecho esa herida. Dahlmann logró dormir,
pero a la madrugada estaba despierto y desde aquella hora
el sabor de todas las cosas fue atroz. La fiebre lo gastó y las
ilustraciones de las *Mil y una noches* sirvieron para decorar
pesadillas. Amigos y parientes lo visitaban y con exagerada
sonrisa le repetían que lo hallaban muy bien. Dahlmann los
oía con una especie de débil estupor y le maravillaba que
no supieran que estaba en el infierno. Ocho días pasaron,
como ocho siglos. Una tarde, el médico habitual se presentó
con un médico nuevo y lo condujeron a un sanatorio de la
calle Ecuador, porque era indispensable sacarle una radio-

grafía. Dahlmann, en el coche de plaza que los llevó, pensó que en una habitación que no fuera la suya podría, al fin, dormir. Se sintió feliz y conversador; en cuanto llegó, lo desvistieron, le raparon la cabeza, lo sujetaron con metales a una camilla, lo iluminaron hasta la ceguera y el vértigo, lo auscultaron y un hombre enmascarado le clavó una aguja en el brazo. Se despertó con náuseas, vendado, en una celda que tenía algo de pozo y, en los días y noches que siguieron a la operación pudo entender que apenas había estado, hasta entonces, en un arrabal del infierno. El hielo no dejaba en su boca el menor rastro de frescura. En esos días, Dahlmann minuciosamente se odió; odió su identidad, sus necesidades corporales, su humillación, la barba que le erizaba la cara. Sufrió con estoicismo las curaciones, que eran muy dolorosas, pero cuando el cirujano le dijo que había estado a punto de morir de una septicemia, Dahlmann se echó a llorar, condolido de su destino. Las miserias físicas y la incesante previsión de las malas noches no le habían dejado pensar en algo tan abstracto como la muerte. Otro día, el cirujano le dijo que estaba reponiéndose y que, muy pronto, podría ir a convalecer a la estancia. Increíblemente, el día prometido llegó.

A la realidad le gustan las simetrías y los leves anacronismos; Dahlmann había llegado al sanatorio en un coche de plaza y ahora un coche de plaza lo llevaba a Constitución. La primera frescura del otoño, después de la opresión del verano, era como un símbolo natural de su destino rescatado de la muerte y la fiebre. La ciudad, a las siete de la mañana, no había perdido ese aire de casa vieja que le infunde la noche; las calles eran como largos zaguanes, las plazas como patios. Dahlmann la reconocía con felicidad y con un principio de vértigo; unos segundos antes de que las registraran sus ojos, recordaba las esquinas, las carteleras, las modestas diferencias de Buenos Aires. En la luz amarilla del nuevo día, todas las cosas regresaban a él.

Nadie ignora que el Sur empieza del otro lado de Rivadavia. Dahlmann solía repetir que ello no es una convención y que quien atraviesa esa calle entra en un mundo más antiguo y más firme. Desde el coche buscaba entre la nueva edificación, la ventana de rejas, el llamador, el arco de la puerta, el zaguán, el íntimo patio.

En el *hall* de la estación advirtió que faltaban treinta minutos. Recordó bruscamente que en un café de la calle Brasil (a pocos metros de la casa de Yrigoyen) había un enorme gato que se dejaba acariciar por la gente, como una divinidad desdeñosa. Entró. Ahí estaba el gato, dormido. Pidió una taza de café, la endulzó lentamente, la probó (ese placer le había sido vedado en la clínica) y pensó, mientras alisaba el negro pelaje, que aquel contacto era ilusorio y que estaban como separados por un cristal, porque el hombre vive en el tiempo, en la sucesión, y el mágico animal, en la actualidad, en la eternidad del instante.

A lo largo del penúltimo andén el tren esperaba. Dahlmann recorrió los vagones y dio con uno casi vacío. Acomodó en la red la valija; cuando los coches arrancaron, la abrió y sacó, tras alguna vacilación, el primer tomo de las

Mil y una noches. Viajar con este libro, tan vinculado a la historia de su desdicha, era una afirmación de que esa desdicha había sido anulada y un desafío alegre y secreto a las frustradas fuerzas del mal.

A los lados del tren, la ciudad se desgarraba en suburbios; esta visión y luego la de jardines y quintas demoraron el principio de la lectura. La verdad es que Dahlmann leyó poco; la montaña de piedra imán y el genio que ha jurado matar a su bienhechor eran, quién lo niega, maravillosos, pero no mucho más que la mañana y que el hecho de ser. La felicidad lo distraía de Shahrazad y de sus milagros superfluos; Dahlmann cerraba el libro y se dejaba simplemente vivir.

El almuerzo (con el caldo servido en boles de metal reluciente, como en los ya remotos veraneos de la niñez) fue otro goce tranquilo y agradecido.

Mañana me despertaré en la estancia, pensaba, y era como si a un tiempo fuera dos hombres: el que avanzaba por el día otoñal y por la geografía de la patria, y el otro, encarcelado en un sanatorio y sujeto a metódicas servidumbres. Vio casas de ladrillo sin revocar, esquinadas y largas, infinitamente mirando pasar los trenes; vio jinetes en los terrosos caminos; vio zanjas y lagunas y hacienda; vio largas nubes luminosas que parecían de mármol, y todas estas cosas eran casuales, como sueños de la llanura. También creyó reconocer árboles y sembrados que no hubiera podido nombrar, porque su directo conocimiento de la campaña era harto inferior a su conocimiento nostálgico y literario.

Alguna vez durmió y en sus sueños estaba el ímpetu del

tren. Ya el blanco sol intolerable de las doce del día era el sol
amarillo que precede al anochecer y no tardaría en ser rojo.
También el coche era distinto; no era el que fue en Constitución, al dejar el andén: la llanura y las horas lo habían
atravesado y transfigurado. Afuera la móvil sombra del
vagón se alargaba hacia el horizonte. No turbaban la tierra
elemental ni poblaciones ni otros signos humanos. Todo era
vasto, pero al mismo tiempo era íntimo y, de alguna manera,
secreto. En el campo desaforado, a veces no había otra cosa
que un toro. La soledad era perfecta y tal vez hostil, y Dahlmann pudo sospechar que viajaba al pasado y no sólo al Sur.
De esa conjetura fantástica lo distrajo el inspector, que, al
ver su boleto, le advirtió que el tren no lo dejaría en la estación de siempre sino en otra, un poco anterior y apenas
conocida por Dahlmann. (El hombre añadió una explicación que Dahlmann no trató de entender ni siquiera de oír,
porque el mecanismo de los hechos no le importaba.)

El tren laboriosamente se detuvo, casi en medio del
campo. Del otro lado de las vías quedaba la estación, que era
poco más que un andén con un cobertizo. Ningún vehículo
tenían, pero el jefe opinó que tal vez pudiera conseguir uno
en un comercio que le indicó a unas diez, doce, cuadras.

Dahlmann aceptó la caminata como una pequeña aventura. Ya se había hundido el sol, pero un esplendor final
exaltaba la viva y silenciosa llanura, antes de que la borrara
la noche. Menos para no fatigarse que para hacer durar esas
cosas, Dahlmann caminaba despacio, aspirando con grave
felicidad el olor del trébol.

El almacén, alguna vez, había sido punzó, pero los años habían mitigado para su bien ese color violento. Algo en su pobre arquitectura le recordó un grabado en acero, acaso de una vieja edición de *Pablo y Virginia*. Atados al palenque había unos caballos. Dahlmann, adentro, creyó reconocer al patrón; luego comprendió que lo había engañado su parecido con uno de los empleados del sanatorio. El hombre, oído el caso, dijo que le haría atar la jardinera; para agregar otro hecho a aquel día y para llenar ese tiempo, Dahlmann resolvió comer en el almacén.

En una mesa comían y bebían ruidosamente unos muchachones, en los que Dahlmann, al principio, no se fijó. En el suelo, apoyado en el mostrador, se acurrucaba, inmóvil como una cosa, un hombre muy viejo. Los muchos años lo habían reducido y pulido como las aguas a una piedra o las generaciones de los hombres a una sentencia. Era oscuro, chico y reseco, y estaba como fuera del tiempo, en una eternidad. Dahlmann registró con satisfacción la vincha, el poncho de bayeta, el largo chiripá y la bota de potro y se dijo, rememorando inútiles discusiones con gente de los partidos del Norte o con entrerrianos, que gauchos de ésos ya no quedan más que en el Sur.

Dahlmann se acomodó junto a la ventana. La oscuridad fue quedándose con el campo, pero su olor y sus rumores aún le llegaban entre los barrotes de hierro. El patrón le trajo sardinas y después carne asada; Dahlmann las empujó con unos vasos de vino tinto. Ocioso, paladeaba el áspero sabor y dejaba errar la mirada por el local, ya un poco so-

ñolienta. La lámpara de kerosén pendía de uno de los tiran-
tes; los parroquianos de la otra mesa eran tres: dos parecían
peones de chacra; otro, de rasgos achinados y torpes, bebía
con el chambergo puesto. Dahlmann, de pronto, sintió un
leve roce en la cara. Junto al vaso ordinario de vidrio turbio,
sobre una de las rayas del mantel, había una bolita de miga.
Eso era todo, pero alguien se la había tirado.

Los de la otra mesa parecían ajenos a él. Dahlmann, per-
plejo, decidió que nada había ocurrido y abrió el volumen de
las *Mil y una noches,* como para tapar la realidad. Otra bolita
lo alcanzó a los pocos minutos, y esta vez los peones se rieron.
Dahlmann se dijo que no estaba asustado, pero que sería un
disparate que él, un convaleciente, se dejara arrastrar por desconocidos a una pelea confusa. Resolvió salir; ya estaba de pie
cuando el patrón se le acercó y lo exhortó con voz alarmada:

—Señor Dahlmann, no les haga caso a esos mozos, que
están medio alegres.

Dahlmann no se extrañó de que el otro, ahora, lo co-
nociera, pero sintió que estas palabras conciliadoras agra-
vaban, de hecho, la situación. Antes, la provocación de los
peones era a una cara accidental, casi a nadie; ahora iba
contra él y contra su nombre y lo sabrían los vecinos. Dahlmann hizo a un lado al patrón, se enfrentó con los peones y
les preguntó qué andaban buscando.

El compadrito de la cara achinada se paró, tambaleán-
dose. A un paso de Juan Dahlmann, lo injurió a gritos, como
si estuviera muy lejos. Jugaba a exagerar su borrachera y
esa exageración era una ferocidad y una burla. Entre malas

palabras y obscenidades, tiró al aire un largo cuchillo, lo
siguió con los ojos, lo barajó, e invitó a Dahlmann a pelear.
El patrón objetó con trémula voz que Dahlmann estaba des-
armado. En ese punto, algo imprevisible ocurrió.

Desde un rincón, el viejo gaucho extático, en el que
Dahlmann vio una cifra del Sur (del Sur que era suyo), le
tiró una daga desnuda que vino a caer a sus pies. Era como
si el Sur hubiera resuelto que Dahlmann aceptara el duelo.
Dahlmann se inclinó a recoger la daga y sintió dos cosas. La
primera, que ese acto casi instintivo lo comprometía a pelear.
La segunda, que el arma, en su mano torpe, no serviría para
defenderlo, sino para justificar que lo mataran. Alguna vez
había jugado con un puñal, como todos los hombres, pero
su esgrima no pasaba de una noción de que los golpes deben
ir hacia arriba y con el filo para adentro. *No hubieran permitido en el sanatorio que me pasaran estas cosas*, pensó.

—Vamos saliendo —dijo el otro.

Salieron, y si en Dahlmann no había esperanza, tampoco
había temor. Sintió, al atravesar el umbral, que morir en
una pelea a cuchillo, a cielo abierto y acometiendo, hubiera
sido una liberación para él, una felicidad y una fiesta, en la
primera noche del sanatorio, cuando le clavaron la aguja.
Sintió que si él, entonces, hubiera podido elegir o soñar su
muerte, ésta es la muerte que hubiera elegido o soñado.

Dahlmann empuña con firmeza el cuchillo, que acaso no
sabrá manejar, y sale a la llanura.

Reflexiones

Hacia una biografía de
Jorge Luis Borges

JASON WILSON

José Bianco, novelista argentino y secretario de la prestigiosa revista literaria *Sur*, conoció a Jorge Luis Borges en 1935 y luego notó que el hombre era "tan parecido a su obra, tan digno de ella". Borges mismo sugirió que su obra era una autobiografía velada. Al mismo tiempo, un acercamiento biográfico puede quitar libertad al lector, reduciendo una obra a lo que pasó en una vida. Justamente, la obra de Borges provoca y estimula la imaginación. Entonces, ofrezco algunos contextos vitales que ayudan a disfrutar de una obra irreverente y excéntrica.

Para empezar, se puede afirmar que Borges nació escritor. Es decir, sus padres quisieron ver a su primer hijo, nacido en Buenos Aires en 1899, como un escritor. Igual con su hermana, Norah, dos años menor. Ambos tuvieron todos los apoyos y estímulos para terminar como creadores, Jorge, poeta, crítico y cuentista, y Norah, pintora. Borges no dudó y no cuestionó su destino de ser escritor. Hasta la muerte de su padre, Jorge Luis no tuvo que trabajar. No hizo más que leer y escribir (en ese orden). Más tarde, tuvo que ganar su pan como crítico y bibliotecario, hasta llegar a ser director de la Biblioteca Nacional, una experiencia que se volvió pesadilla en "La Biblioteca de Babel". Además, su padre era un novelista frustrado, lo que quizá explique porque su hijo nunca escribiera una novela.

Borges también heredó otro destino más cruel, la miopía y finalmente en 1955 la ceguera que padecieron su padre y sus antepasados. No ver distancias y leer con los ojos muy cerca de la página tuvieron sus propias consecuencias. Borges no es un escritor descriptivo o realista. La realidad externa en sus cuentos se vuelve irreal y lo que pasa en la mente prima como alusiones literarias, ideas y conflictos intelectuales. Las grandes *Ficciones* que escribió en los años 40 evocan la lenta ceguera que avanzaba amenazándole. Otra consecuencia de la inevitable ceguera era que Borges desarrolló una memoria fabulosa, como si supiera que algún día venidero no iba a poder leer. El magnífico cuento "Funes, el memorioso" se basa en las ironías de poder recordarlo todo. Después de su ceguera en 1955, Borges dejó de escribir sus "ficciones" y volvió a la poesía. Más tarde, empezó a dictar cuentos más sencillos, con menos alusiones y digresiones.

La tercera herencia de Borges era el inglés: su abuela materna era inglesa, y Borges, bilingüe, hablaba con ella en inglés. Muchos críticos han notado el rigor y la concisión de su estilo, que vienen del inglés tanto como de sus inclinaciones filosóficas. Contra la moda de leer y adaptar literatura francesa, Borges leyó la literatura inglesa. Sus favoritos como Robert Louis Stevenson o G. K. Chesteron hoy se leen como borgeanos. Escribió una historia sobre la literatura inglesa, tradujo a James Joyce y Faulkner y Virginia Woolf del inglés al español y después, ya viejo, dictó clases sobre la literatura anglo-sajona. Además de inglés, Borges sabía alemán, francés y latín. Es decir, era un políglota.

Otro factor que define al mundo raro de Borges es haber vivido siete años en Europa (mayormente Ginebra y después Mallorca, Sevilla y Madrid entre 1914 y 1921). Conoció la vanguardia hispánica (el *ultraísmo*) de cerca, escribiendo para sus revistas y participando en las tertulias de café con su mentor Cansinos-Assens y con Gómez de la Serna, y su hermana se casó con el poeta y crítico vanguardista Guillermo de la Torre en 1928. Cuando Borges volvió a Buenos Aires en 1921 y definitivamente en 1925, vio a su ciudad con otros ojos. Redescubrió un Buenos Aires criollo, de los suburbios, lejos de la ciudad bulliciosa y elegante que trataba de imitar a París. Su primer libro se llamó *Fervor de Buenos Aires* (1923). Borges caminó las calles de Buenos Aires como un extranjero. Escribió poemas y mucha crítica literaria, y una biografía rara de un poeta menor de los arrabales de Palermo, Evaristo Carriego, en 1930. Se entusiasmó con tangos y milongas, y se fascinó con los compadritos y el lunfardo, la jerga de los bajos fondos. Hay muchas alusiones en sus ficciones a este submundo de violencia.

Pero quizás lo que más marcó a Borges fue un accidente que le pasó en 1938 mientras subía una escalera. Se golpeó en la sien (era ya muy corto de vista) y la herida se infectó (no había antibióticos) y casi se muere de septicemia. Creyó que se enloquecía en su fiebre. Para probar que su prodigiosa inteligencia no fue afectada escribió un cuento que cambió su vida: "Pierre Menard, autor del Quijote", un autorretrato de un escritor menor (como era entonces) con un desafío inaudito, reescribir el Quijote en los años treinta y provocar al lector con un pasaje idéntico de Cervantes y de Menard. El cuento salió en 1939 en la revista *Sur*. Este accidente provocó a que Borges finalmente escribiera algo tan diferente y original que mereció el nombre de "ficción", algo que mezclaba cuento con ensayo filosófico y con reseña crítica. El accidente surge otra vez en su mejor cuento, "El Sur", agregado a *Ficciones* en 1956, y la fiebre en ciertas escenas de "La muerte y la brújula".

El penúltimo contexto biográfico tiene que ver con amores y amistades. Borges elogiaba siempre la amistad. Sus amigos aparecen en sus cuentos con sus nombres (Borges también es "Borges"), como el pintor e inventor Xul Solar o el mexicano erudito Alfonso Reyes o Ernesto Sábato. Y Borges escribía para sus amigos íntimos. No explicaba nada y contaba sobre su inteligencia y erudición. Era como un círculo cerrado. Por eso, era un escritor secreto hasta ganar un premio en 1960 y ser traducido al francés y después al inglés. Se hizo famoso tarde en su vida y ya ciego (el tema de "Borges y yo"). La fama de afuera lo hizo famoso en Buenos Aires, con su bastón de ciego y desde entonces opinaba sobre todo con su humor mordaz. Cuando escribió sus ficciones en los años cuarenta iba casi todas las noches a cenar con su amigo Adolfo Bioy Casares, y escribían cuentos juntos. También le encantaba colaborar con amigos y amigas. A veces se enamoraba de sus coautoras, casándose por segunda vez con una colaboradora y alumna María Kodama. Pero si los amigos aparecen en los cuentos, Borges escribió poco sobre el amor y sobre mujeres (las excepciones son "Emma Zunz", "El Zahir" y "El Aleph").

Finalmente, las últimas biografías han subrayado la oposición de Borges a Perón y al peronismo entre 1946 y 1955. Su hermana Norah fue encarcelada por oponerse a Perón en la calle y él perdió su puesto en la biblioteca Miguel Cané en Boedo. Fue nombrado director de la Biblioteca Nacional en 1955 como premio antiperonista. También se opuso al horror del antisemitismo nazi, evidente en cuentos como "El milagro secreto" y *"Deutsches Réquiem"*. Este Borges más politizado no aparece claramente en sus cuentos, pero sí en su biografía.

JASON WILSON, es catedrático de Literatura Latinoamericana en University College London. Además de escribir libros sobre Octavio Paz y otros autores latinoamericanos, es también autor de *Traveller's Companion to South and Central America* (1993), *Buenos Aires: A Cultural and Literary Companion* (1999), Jorge Luis Borges (2006) y un nuevo libro sobre Neruda, *A Companion to Pablo Neruda*, que se publicará en junio de 2008.

Siete conversaciones con Jorge Luis Borges*

FERNANDO SORRENTINO

Primera conversación

FERNANDO SORRENTINO: ¿Cuándo y dónde nació Jorge Luis Borges?

JORGE LUIS BORGES: Nací el día 24 de agosto del año 1899. Esto me agrada porque me gusta mucho

---

*Selecciones del libro *Siete conversaciones con Jorge Luis Borges* © Editorial Losada S.A. Buenos Aires, 2007; © Fernando Sorrentino, 1974

el siglo xix; aunque podríamos usar como argumento en contra del siglo xix el hecho de haber producido el siglo xx, que me parece algo menos admirable. Nací en la calle Tucumán, entre Esmeralda y Suipacha, y sé que todas las casas de la cuadra eran bajas, menos el almacén, que era una casa de altos, y todas las casas estaban construidas de un modo correspondiente a la Sociedad Argentina de Escritores, salvo que la casa en que yo nací era mucho más modesta. Es decir, había dos ventanas de fierro, una puerta de calle con un llamador con un anillo, luego el zaguán, después la puerta cancel, luego las habitaciones, el patio lateral y el aljibe. Y en el fondo del aljibe —esto lo supe mucho después— había una tortuga para purificar el agua. De modo que mis abuelos, mis padres y yo hemos bebido agua de tortuga durante años y no nos ha hecho ningún mal: actualmente nos daría asco pensar que bebemos agua de tortuga. Mi madre recuerda haber oído, siendo chica —fuera de los balazos de la Revolución del 90—, un balazo excepcional: mi abuelo salió y dijo que acababan de asesinar, a la vuelta de casa, al general Ricardo López Jordán. Algunos dicen que el asesino lo provocó y lo mató, pagado por la familia de Urquiza. Creo que esto es falso. Realmente, López Jordán había hecho matar al padre de este hombre, de modo que éste buscó un altercado con López Jordán, lo mató de un balazo, huyó por la calle Tucumán y lo apresaron cuando ya estaba en la calle Florida.

[...]

F.S.: ¿Cuándo y dónde aprendió a leer?

J.L.B.: Yo no recuerdo ninguna época en que yo no hubiera sabido leer, lo cual quiere decir que aprendí muy temprano.

F.S.: ¿Aprendió en inglés o en español primero?

J.L.B.: En español, desde luego. Aunque en casa se hablaban indistintamente ambos idiomas. Mi madre siempre nos hace bromas a mi hermana y a mí. Nos dice: "Ustedes son cuarterones". Porque ella es de cepa criolla y mi abuela paterna era inglesa. Pero una inglesa que conoció del país más que muchos argentinos, porque mi abuelo, el coronel Borges, fue jefe de las tres fronteras: es decir, del norte y oeste de Buenos Aires y sur de Santa Fe, después de haber militado en la Guerra Grande, en el Uruguay, en la división oriental que tomó el Palomar en la batalla de Caseros, en la Cañada de los Leones, en el Azul, en la guerra del Paraguay, contra los montoneros de López Jordán… Esa abuela inglesa mía vivió cuatro años en Junín, es decir, el fin del mundo, porque más allá de Junín estaba lo que se llamaba tierra adentro, el lugar donde dominaban los indios. Sobre todo, donde más estaban los indios era en el pueblo llamado Los Toldos —que queda cerca de

192

Junín—, y se llamaba Los Toldos porque ahí estaban las tolderías. Y mi abuela me contaba haber conversado con Simón Coliqueo, con Catriel, con alguno de los Curá.

Segunda conversación

F.S.: Si usted tuviera que definir qué fue la literatura en su vida, ¿qué diría?

J.L.B.: Antes de haber escrito una línea, yo sabía, de un modo misterioso y, por eso mismo, indudable, que mi destino era literario. Lo que yo no supe al principio es que, además del destino de lector —que no me parece menos importante que el otro—, tendría también el destino de escritor. Y recuerdo un poema mío, el "Poema de los dones", poema que escribí cuando me nombraron director de la Biblioteca Nacional, el año de la Revolución Libertadora. Comprobé que me rodeaban setecientos mil libros y que ya no podía leerlos. En ese poema, comparo mi destino con el de Groussac, y digo:

Yo, que me figuraba el Paraíso
bajo la especie de una biblioteca.

Así como otros han imaginado el Paraíso como un jardín, por ejemplo. Para mí, la idea de estar rodeado de libros ha sido siempre una idea preciosa. Y aun ahora, que no puedo leer los libros, la mera cercanía de ellos me produce una suerte de felicidad: a veces una felicidad un poco nostálgica, pero felicidad al fin.

Tercera conversación

F.S.: ¿Le agradaban los cuentos fantásticos de Julio Cortázar?

J.L.B.: Sí, me agradaban, y ocurrió un pequeño episodio... ¿Se lo he contado ya?

F.S.: No.

J.L.B.: Yo me encontré con Cortázar en París, en casa de Néstor Ibarra. Él me dijo: "¿Usted se acuerda de lo que nos pasó aquella tarde en la diagonal Norte?". "No", le dije yo. Entonces él me dijo: "Yo le llevé a usted un manuscrito. Usted me dijo que volviera al cabo de una semana, y que usted me diría lo que pensaba del manuscrito". Yo dirigía entonces una revista, *Los Anales de Buenos Aires* (una revista ahora indebidamente olvidada), que pertenecía a la señora Sara de Ortiz Basualdo, y él me llevó un cuento, "Casa tomada"; al cabo de una semana volvió. Me pidió mi opinión, y yo le dije: "En lugar de darle mi opinión, voy a decirle dos cosas: una, que el cuento está en la imprenta, y dentro de unos días tendremos las pruebas; y otra, que ya le he encargado las ilustraciones a mi hermana Norah". Pero, en esa ocasión, en París, Cortázar me dijo: "Lo que yo quería recordarle también es que ése fue el primer texto que yo publiqué en mi patria cuando nadie me conocía". Y yo me sentí muy orgulloso de haber sido el primero que publicó un texto de Julio Cortázar. Y luego nos vimos un par de veces en la UNESCO, donde él trabaja. Él está casado —o estaba casado— con la hermana de un querido amigo mío, Francisco Luis Bernárdez (otro poeta que hubiera debido mencionar, y que no he mencionado porque la memoria suele fallarme: yo admiro a muchos escritores…). Bueno, como le decía, nos vimos creo que dos o tres veces en la vida, y, desde entonces, él está en París, yo estoy en Buenos Aires; creo que profesamos credos políticos bastante distintos: pero pienso que, al fin y al cabo, las opiniones son lo más superficial que hay en alguien; y además a mí los cuentos fantásticos de Cortázar me gustan. Me gustan más que las novelas suyas: creo que en las novelas él se ha dedicado demasiado al mero experimento literario, a ese experimento del que no diré que inventó, pero del cual abusó, William Faulkner y que se encuentra también en Virginia Woolf: el hecho de invertir el orden cronológico en la narración —que me parece el orden natural— y de contar las historias barajando un poco el orden en que ocurren los hechos. Pero aquí pienso (lo que sin duda se ha dicho también) que eso es lo que ocurre deliberadamente en todo relato policial. Porque realmente un relato policial empieza por el último capítulo, y todo el libro ha sido hecho para llegar al último capítulo, lo cual condice con la estética de Poe, inventor del género policial, que dijo que un cuento debía escribirse para la última línea. Eso, desde luego, puede producir cuentos admirables, pero, al mismo tiempo, a la larga, tiene algo de trampa. Creo que pueden escribirse cuentos que no estén escritos para la última línea. En todo caso, no sé si antes de Poe, o antes de Hawthorne quizá, alguien intentó ese tipo de cuento; pero creo que pueden escribirse cuentos que sean continuamente agradables, continuamente emocionantes y que no nos lleven a una última línea de mero asombro o de mero desconcierto.

Cuarta conversación

F.S.: Si usted hubiera nacido el 24 de agosto de 1899 no en Buenos Aires, sino, digamos, en Londres, o en París, o en Berlín, ¿cuál cree usted que habría sido su destino de escritor?

J.L.B.: Es evidente que las circunstancias serían distintas. Si yo hubiera nacido en un país de antigua y rica cultura, posiblemente mi obra habría pasado inadvertida. En cambio he tenido la suerte —suerte literaria, digamos— de ser un sudamericano, y eso ha hecho que se exagere el mérito de lo que yo he escrito. Y ahora que digo esto, pienso en un caso análogo, pienso en Groussac: posiblemente, si Groussac se hubiera quedado en Francia, habría sido un buen escritor francés, un buen historiador francés, pero no se hubiera destacado. En cambio, le tocaron el destierro, el hecho de escribir en un idioma que no le gustaba, la necesidad de renovar el estilo de ese idioma, el hecho de vivir en una Argentina bastante primitiva aún, y todo esto le permitió ser, no sé si esencialmente más grande, pero sí más benéfico para sus contemporáneos y para el ambiente que le había tocado en suerte.

F.S.: Una mañana, mientras bajábamos las escaleras, usted me comentaba que el escritor argentino suele ser superior a su obra, a la inversa de lo que sucede con el escritor europeo. Me contó que había conocido a Camus...

J.L.B.: Sí, y que no me había impresionado absolutamente nada. En cambio, parece ser que es su obra la que ha impresionado... Ahora, yo creo que, posiblemente, éste es un país haragán, éste es un país fundamentalmente escéptico. Es decir: un país que no exige mucho de nadie, y eso tiende a que lo que nosotros escribamos sea inferior. Porque sabemos que el éxito es —sobre todo ahora— un mecanismo que se maneja. En cambio, en otros países, cada escritor se ve obligado a dar todo lo que puede.

Quinta conversación

F.S.: ¿Usted tiene preferencia por la lectura de algún diario en particular?

J.L.B.: No. Además, que yo nunca leo periódicos.

F.S.: ¿Antes tampoco?

J.L.B.: Yo nunca he leído periódicos. Y nunca los he leído porque, por alguna perversidad mía, me interesa lo que ha sucedido hace mucho tiempo más que lo contemporáneo. Recuerdo que yo estaba en Ginebra cuando empezó la primera guerra europea, y yo estaba estudiando entonces historia antigua. Y yo, con toda inocencia —es verdad que tendría catorce o quince años—, pensé: "Qué raro que a todo el mundo, de golpe, le interese ahora la historia; qué raro que a ninguno le interesen las guerras púnicas o las guerras de los

198

persas y de los griegos, y que ahora todo el mundo esté tan interesado en la historia contemporánea". Y además pensé que, posiblemente, lo que ocurre ahora es difícil de conocer. Y luego recuerdo una frase de Macedonio Fernández —siempre estoy volviendo a Macedonio Fernández—: "Los historiadores, tan conocedores del pasado como ignorantes nosotros del presente". Tanto es así que, cuando los hombres llegaron a la Luna, yo no sabía que eso fuera a emocionarme. Yo pensé que era un hecho que tenía que ocurrir tarde o temprano, dados los propósitos de la ciencia. Y, sin embargo, una semana antes de la hazaña, ya empecé a inquietarme, ya empecé a sentir temor de que fracasara; y luego, cuando realmente los hombres pisaron la Luna, sentí una emoción que podemos llamar íntima, personal. Y, al mismo tiempo, me alegró la idea de que, sin duda, todas las personas del mundo estaban sintiendo lo mismo, de que todos nos sentíamos personalmente felices y orgullosos de que eso hubiera ocurrido, de que, de algún modo, todos participábamos en esa hazaña, de que no se trataba simplemente de quienes la habían planeado y de quienes la ejecutaban. Todos los hombres del mundo han mirado la Luna, han deseado eso y tienen que haberse sentido contentos de que eso hubiera ocurrido. Y luego pensé —quizá pude haberme equivocado— que el hecho de que tres hombres llegaran a la Luna es algo que puede unir a todos los hombres. Porque es una suerte de hazaña de toda la humanidad, más allá del hecho de que sean americanos o húngaros o chinos o lo que fuere...

Sexta conversación

F.S.: Cuando usted era joven, ¿recibió algún consejo literario que le haya sido especialmente útil?

J.L.B.: Sí. Recibí el consejo de mi padre. Me dijo que escribiera mucho, que rompiera mucho y que no me apresurara a publicar, de suerte que el primer libro que yo publiqué, *Fervor de Buenos Aires*, fue realmente mi tercer libro. Mi padre me dijo que, cuando yo hubiera escrito un libro que yo juzgara no del todo indigno de la publicación, él me iba a pagar la impresión del libro, pero que cada uno tenía que salvarse por su propia cuenta y que no le pidiera consejos a nadie. Yo, por lo demás, era demasiado tímido como para mostrar lo que yo escribía, de suerte que, cuando el libro apareció, mi familia y mis amigos lo leyeron por primera vez: yo no se lo había mostrado a nadie y no se me hubiera ocurrido pedir un prólogo tampoco.

[...]

F.S.: ¿Cuál es la ventaja que usted le ve al cuento sobre la novela?

J.L.B.: La ventaja esencial que le veo es que el cuento puede ser abarcado de un solo vistazo. En cambio, en la novela se nota más lo sucesivo. Y luego está el hecho de que una obra de trescientas páginas no puede prescindir de ripios, de páginas que sean meros nexos entre una parte y otra. En cambio, en un cuento, todo puede ser esencial, o más o menos esencial, o —digamos— puede parecerse más a lo esencial. Creo que hay cuentos de Kipling que son tan densos como una novela, o de Conrad, también. Es verdad que no son demasiado cortos.

[...]

F.S.: Usted insiste, con cierta frecuencia, en que usted es haragán...

J.L.B.: ¡Muy haragán!

F.S.: ... pero sus obras abarcan un considerable número de páginas.

J.L.B.: Es que la obra de un escritor está hecha de haraganerías. El trabajo esencial del escritor consiste en distraerse, en pensar en otra cosa, en fantasear, en no apresurarse para dormir sino imaginar algo... Y luego viene la ejecución, que ya es el oficio. Es decir, no creo que sean incompatibles las dos cosas. Además

201

creo que cuando uno está escribiendo algo más o menos bueno uno no lo siente como una tarea, lo siente como una distracción. Una distracción que no excluye la inteligencia, como tampoco la excluye el ajedrez, que me agrada mucho y que me gustaría saber jugar —siempre he sido un mal ajedrecista.

Séptima conversación

F.S.: Hay una pregunta un poco tonta que suele hacerse a los escritores. Se dice que a Chesterton se le preguntó qué libro hubiera elegido en caso de ser desterrado a una isla desierta, y él contestó: *El arte de construir botes*. Evitando la broma, ¿qué hubiera respondido usted?

J.L.B.: En primer término trataría de hacer trampa, y optaría por la *Encyclopaedia Britannica*. En segundo término, ya que el interrogador me obligaría a reducirme a un solo volumen, elegiría la *Historia de la filosofía occidental*, de Bertrand Russell.

FERNANDO SORRENTINO nació en Buenos Aires en 1942. Es profesor de Lengua y Literatura. Además de sus libros de entrevistas a Jorge Luis Borges y a Adolfo Bioy Casares, ha publicado muchos cuentos —traducidos a numerosas lenguas—, que entrelazan, de manera casi subrepticia, la realidad con la fantasía y suelen estar recorridos por un sorprendente sentido del humor.

Para obtener más información, puede consultar su página web: www.fernandosorrentino.com.ar

Unas palabras

Preguntas para profundizar

1. De acuerdo con lo planteado a lo largo de *Ficciones*, ¿cuál es el rol de la escritura, cuál su importancia, en la concepción de la "realidad"?

2. Al finalizar "Tlön, Uqbar, Orbis Tertius", el narrador alude a la irrelevancia del relato, luego de haberse explayado extensamente en su exposición. ¿Qué lugar ocupa la ambigüedad tanto en este relato como en otros de esta colección?

3. La intención de Menard es escribir *El Quijote* desde el rol del lector. ¿Qué nos dice esto del rol

tanto del lector como del escritor en la literatura en general?

4. ¿Qué rol tiene la ironía en la narrativa de Borges?

5. El hombre soñado que sueña en "Las ruinas circulares", ¿a qué tema recurrente de *Ficciones* alude?

6. Si consideramos "La lotería en Babilonia" como una metáfora, ¿metáfora de qué es?

7. ¿Hay alguna razón para que Babilonia sea el sitio de la lotería, o es simplemente uno más de tantos azares?

8. ¿Qué rol juega el infinito en la obra de Herbert Quain (en particular en *April March*), en "Examen de la obra de Herbert Quain"? ¿Qué rol juega el infinito en la obra de Borges?

9. En "La Biblioteca de Babel", ¿qué nos dice la equiparación universo = biblioteca acerca de las letras/lengua/literatura?

10. En "La Biblioteca de Babel", ¿qué nos indica el hecho de que el narrador se prepara a morir a pocas leguas del hexágono en que nació?

11. De acuerdo a lo relatado en "El jardín de senderos que se bifurcan", el tema central de la obra de Ts'ui Pên es el tiempo. ¿Qué relevancia tiene la superposición de tiempos en el relato, el hecho de que el lector lea "El jardín de senderos que se bifurcan" y a su vez los personajes lo hagan en la historia?

12. ¿Qué relevancia tiene la inmovilidad de Funes en "Funes el memorioso"?

13. En "La forma de la espada", ¿por qué recurre Moon al desdoblamiento de su persona para lograr el relato?

14. En "Tema del traidor y del héroe", el narrador declara "que la historia copie a la literatura es inconcebible". ¿Cómo se maneja el cruce entre realidad y ficción en este relato, y qué preponderancia se le da a cada cual?

15. ¿Qué rol juega el azar en "La muerte y la brújula"?

16. Además de "La muerte y la brújula", ¿qué otros relatos aluden a los múltiples desenlaces o a tramas simultáneas? ¿Qué representa este planteo recurrente en *Ficciones*?

17. En "Tres versiones de Judas", ¿cuáles son las tres versiones?

18. En "La secta del Fénix", ¿qué es "el Secreto"?

19. ¿Por qué cambia la narración al tiempo presente en la última frase del cuento "El Sur"?

20. En "El Sur", ¿qué es "el Sur"?